VISIONS D'ANNA
ou
le vertige

Œuvres de Marie-Claire Blais

Romans

La Belle Bête, Institut littéraire du Québec, 1959
Tête blanche, Institut littéraire du Québec, 1960
Le jour est noir, Éditions du Jour, 1962
Une saison dans la vie d'Emmanuel, Éditions du Jour, 1965
L'Insoumise, Éditions du Jour, 1966
David Sterne, Éditions du Jour, 1967
Les Manuscrits de Pauline Archange, Éditions du Jour, 1968
Vivre! Vivre! (Tome II de *Les Manuscrits de Pauline Archange*),
    Éditions du Jour, 1969
Les Apparences (Tome III de *Les Manuscrits de Pauline
    Archange*), Éditions du Jour, 1970
Le Loup, Éditions du Jour, 1972
Un joualonais sa joualonie, Éditions du Jour, 1973
Une liaison parisienne, Stanké/Les Quinze, 1976
Les Nuits de l'Underground, Stanké, 1978
Le Sourd dans la ville, Stanké, 1979
Visions d'Anna, Stanké, 1982
Pierre — La Guerre du printemps 81, Primeur, 1984

Théâtre

L'Exécution, Éditions du Jour, 1968
Fièvre et autres textes dramatiques, Éditions du Jour, 1974
L'Océan suivi de *Murmures*, Les Quinze, 1977
La Nef des sorcières, Les Quinze, 1976

Récits

Les Voyageurs sacrés, HMH, 1969

Poésie

Pays voilés, Éditions de l'Homme, 1967
Existences, Éditions de l'Homme, 1967

Marie-Claire Blais

VISIONS D'ANNA

ou
le vertige

roman

Boréal

Maquette de la couverture: Gianni Caccia
Illustration de la couverture: Hono Lulu

© Les Éditions du Boréal
Dépôt légal: 3e trimestre 1990
Bibliothèque nationale du Québec

Diffusion au Canada: Dimedia

Données de catalogage avant publication (Canada)

Blais, Marie-Claire, 1939-
Visions d'Anna, ou, Le Vertige
(Boréal compact; 22.)
Éd. originale: Montréal; Stanké, 1982.
ISBN 2-89052-375-6
I. Titre. II. Le Vertige.
PS8503.L33V46 1990   C843'.54   C90-096455-3
PS9503.L33V46 1990
PQ3919.2.B43V46 1990

à ma filleule, Nathalie

Il faisait ni beau, ni froid, dans le cœur d'Anna, ni frais ou brûlant, c'était le vide, pensait-elle, pur et tranquille, une profondeur intacte qu'ils ne pouvaient même imaginer, ils, étaient ces autres qui la laissaient errer ainsi, sans but, sans raison, parfois, ils lui souriaient avec humour, l'effleuraient de leur dérisoire affection, puis ils revenaient à eux-mêmes, à leurs préoccupations d'adultes, ne lui demandant plus ce qu'elle ressentait et pensait, il y avait longtemps déjà qu'ils n'osaient plus rien lui demander, car dans leur découragement, ils avaient peut-être décidé eux aussi qu'elle était entièrement libre, qu'elle ne leur appartenait pas, elle sentait la volonté, la raideur aussi de ce jeune corps autonome contre ses os, toute l'exaltation de sa conscience se tenait là, enfermée et rigide, elle déposait délicatement sa fourchette sur la nappe rouge, observait les invités de sa mère, ses collègues, psychologues, éducateurs, thérapeutes, qu'elle voyait pourtant tous les jours à l'Institut Correctionnel où elle travaillait, mais Raymonde n'avait-elle pas dit à Anna qu'il y aurait ce soir une sorte de réunion, de débat urgent, autour de cette question, la délinquance, trop de filles à l'Institut Correctionnel, on ne savait

9

plus où les loger, oui, c'était cela, mais Anna regardait sa mère en se répétant, ni beau ni froid, rien de palpable, elle était libre et son corps libre de toute attache tenait près d'elle comme une ligne droite, sans aucune appréhension, ne reposant sur rien de palpable ou de réel, pas même ce plancher de bois verni qui était là, sous la table, il n'y avait aucune appréhension à être là, parmi eux, entre les murs de leur maison, même s'ils disaient, sur le ton léger du bavardage, oui, on s'inquiète, on s'inquiète beaucoup pour nos jeunes, l'avenir, oui, on s'inquiète beaucoup, si vous saviez, et pour eux, c'était une certitude, ce mot, avenir, ils le prononçaient sans honte, dehors, il fait beau et froid, disait Alexandre, cela aussi était pour eux tous, une certitude. Elle était depuis très longtemps déjà sur cette terre, quelle immensité d'instants incertains, apeurés, ce long jour sans sommeil qu'on appelait une vie, eux, cela leur arrivait de dormir, de s'assoupir quand la nuit tombait, mais elle, Anna, ne connaissait jamais ce repos qui donnait aussi la certitude, on disait que le repos était à l'origine de la vie, et la vie était une chose inhabitée, inhabitable, à quoi bon habiter sa vie, son corps, si demain l'avenir est interdit, tué, Raymonde était sa mère, mais peut-être n'y avait-il aucune réalité dans ce fait si sombre d'être vivant, puisque demain, cette vie comme tant d'autres ne serait qu'une sanglante poussière, Raymonde, ses collègues, parlaient des livres récents qu'ils avaient lus, on avait parlé des études en criminologie que poursuivait Raymonde, on parlait maintenant d'une femme qui avait été tuée dans le métro, le matin, il ne restait déjà plus rien de cette femme dont on parlait, qui viendrait recueillir son sac, ses souliers, dans l'éclair de son agonie, pensait Anna, qui viendrait recueillir ces objets courageux qui avaient été déchiquetés en même temps que cette existence qu'ils avaient enveloppée, cette existence qui n'était désormais qu'un fantôme, un manteau, un fidèle petit sac, des souliers rompus à toutes les fatigues, quelqu'un, pensait Anna, quelqu'un devait passer par là, étreindre ces vestiges encore tièdes de vie, avant leur disparition de notre univers, mais Raymonde, comme les autres, pensait Anna, oublierait cette femme, savaient-ils que leurs paroles étaient usées jusqu'à la lie, les paroles contenaient des sentiments, disait Raymonde, mais Anna pensait que les sentiments que l'on échangeait, dans une vie, étaient, eux aussi, usés jusqu'à la lie, on ne parlait pourtant que de cela, autour d'elle, cette meute humaine, on entendait le silence, le halètement de cette meute, dans la nuit, on ne parlait que de cela, vivre, être vivant, Anna, comme les autres respirait, vivait, subissait le joug de ces actes sans jouissance, de son regard gris, intense, elle semblait demander à sa mère, mais quel est donc votre but, pourquoi vous acharnez-vous ainsi, à tout expliquer, tout dire, puis elle se souvint de Philippe qui l'avait autrefois accueillie chez lui, puis amenée à Paris, un ami, un homme, un errant comme Tommy, Philippe, Tommy, en se levant, un matin, Raymonde avait trouvé sa maison déserte, on croyait tenir, posséder, disait-elle, mais on ne régnait que sur des fantômes, de Philippe il ne

restait qu'une image fugitive, le souvenir d'un vêtement maculé de sueur, sur une chaise, c'était au loin,
derrière soi, un vêtement maculé de sueur, sur une
chaise, dans une chambre d'hôtel, un moment de vertige qui se fixait soudain dans la mémoire d'Anna,
Anna que Raymonde avait depuis si longtemps perdue même si elle était de retour, silencieuse devant
elle, mais la tache de sueur, sur le vêtement abandonné là, quelque part dans l'espace, cette tache minuscule prouvait à Anna que quelqu'un avait vécu,
respiré, tout près d'elle, c'était au loin, oui, dans une
autre vie, peut-être. Les autres ne ressemblaient pas
à Anna, elle les admirait sans les comprendre ou les
aimer, car ils étincelaient pour elle, d'une vitalité
éperdue, pour se lever, le matin, se vêtir, sa peine
était déjà lourde, eux, au contraire, s'agitaient contre
la ligne métallique de son horizon, leurs gestes
simples, courir, marcher, nuit et jour, lui semblaient
empreints d'une grandeur forcenée, elle eût aimé dire
à ces pieds qui allaient et venaient, charnellement
tissés de saison en saison, à un bottillon de cuir, une
sandale, ces pieds transpercés de devoirs, combien
elle souffrait de les voir errer ainsi jusqu'à leur finale
lassitude, Alexandre disait en caressant les cheveux
d'Anna qu'il partirait bientôt, ses pieds seraient las,
épuisés, pensait Anna, on ne pouvait plus vivre à
deux, aujourd'hui, disait-il, il devait partir, car près
de Raymonde, il n'écrivait plus, ne pensait qu'à elle,
Raymonde, qu'à Anna, il disait, il faut être curieux,
toujours aspirer à ce qui nous attire en dehors de
nous-mêmes, il racontait à Anna l'histoire d'Aliocha,

un vagabond heureux qui avait longtemps vécu pour
l'amour, la pitié des hommes, aujourd'hui on eût tué
Aliocha, disait-il, Raymonde, Alexandre, une espérance inachevée comme tant d'autres dans la vie de
sa mère, même si Raymonde avait toujours su
qu'Alexandre ne serait jamais longtemps captif d'une
femme, d'une maison, et moi aussi, disait Alexandre,
je ne suis qu'un gourmand, un sensuel, un curieux,
il va partir, pensait Anna, errer, il sera seul, sans nous,
on ne pourra plus l'atteindre, le retrouver, il sera
ailleurs, comme moi, il y avait ces rêves que l'on
faisait le jour, bien éveillée, pensait Anna, pendant
que se poursuivait l'action concrète, obstinée, de la
vie, tout autour, cette agressivité de la vie ne s'arrêtait jamais, comme le roulement des voitures sur un
pont ou les pas des gens, dans la rue, mais il y avait
aussi ces rêves de la nuit qui laissaient en vous leur
spectrale mémoire, c'est avec ce corps de la nuit
qu'on pouvait enfin s'élever de la terre, déchirer ce
bleu du ciel que le regard contemple avec complaisance, le jour, mais que nous offre-t-il d'apaisant, ce
bleu du ciel, il n'abreuve pas les hommes, lorsqu'ils
ont soif, ne les nourrit pas, lorsqu'ils ont faim, dans
la nuit, ce ciel devenait d'une odorante texture,
comme le pain, toute sensation de douleur retombait
vers la terre, le ciel s'ouvrait et on guidait soi-même
son esprit vers la connaissance, ce savoir nouveau
c'était de saisir enfin que seule l'indifférence est la
qualité sublime de la vie, que toute douleur est ressentie en vain, et pourtant, tout en s'éloignant ainsi
de ces réalités qui composaient son existence de tous

les jours, la maison, sa mère, et tout ce qui les habitait et les côtoyait, à chaque instant, de la fourchette d'argent sur la nappe rouge, à la tasse de thé pour Raymonde, sur une table de chevet, elle comprenait soudain, lorsqu'elle n'était plus là pour subir, le drame de chacun et l'épuisante futilité qui nous poussait à vivre sans lutte, par fatigue, ce drame. Anna avait beaucoup changé, depuis ces histoires de drogues, disait Raymonde, on ne la reconnaissait plus, Raymonde, Anna avaient perdu leur refuge, dans le silence de la montagne, les amis d'Anna avaient envahi la maison, mais que faire, disait Raymonde, après tout, les amis d'Anna étaient souvent des délinquants que Raymonde avait protégés, défendus des sévérités de l'Institut Correctionnel, son devoir était de les abriter, et même Michelle, la fille de Guislaine qui l'avait appelée la veille, à deux heures du matin, Michelle qui traînait encore dans la maison, que Raymonde ne pourrait jamais chasser, ne l'aimait-elle pas comme sa propre fille, Raymonde, Guislaine, se connaissaient depuis si longtemps, Michelle avait de longs doigts blancs qui s'ouvraient dans la lumière, pensait Anna, elle apprenait le piano à l'École de musique, mais ne deviendrait jamais pianiste, pensait Anna, elle n'aurait pas le temps, quelle tristesse de se retrouver si jeune, à un poste de police, dans la nuit, disait Raymonde, quelle nonchalance dans cette extrême jeunesse, pensait Anna, l'élan vital n'était-il pas brisé, pour le stimuler, ne fallait-il pas inventer quelque viol de l'être secret, Anna se revit, une heure plus tôt, elle était allongée

sur son lit et se délivrait du poids de l'existence
goutte à goutte, la piqûre produisait dans ses veines
une seconde existence qui atténuait la banalité de la
première, c'était une existence ineffable, incandes-
cente, délivrée, personne n'osait nommer l'existence
cachée car elle contenait trop de bonheurs, de satis-
factions, pensait Anna, mais soudain, et cela devait
être ainsi lorsqu'on mourait, la fulgurance du temps
s'étendait partout autour de soi, en ne bougeant plus,
sur son lit, on descendait vers le vide lumineux et ses
promesses de paix, rien n'était exigé de vous, sinon
de glisser ainsi, à la dérive, comme auprès de Tommy, Manon, à la dérive, «tu penses que tu pourrais
être enceinte, avait dit Raymonde à Michelle, je sais
bien que l'on vous défend les préservatifs, à treize
ans, c'est si injuste, oublie tout cela», et Anna pensait que le destin avait déjà tout décidé, conclu, pour
elle-même comme pour Michelle, il n'y avait plus
rien à dire, une poussière ne s'envolait pas sans ce
caprice tenace du destin, ce destin aveugle et éternel,
et Michelle avait eu l'audace d'imaginer qu'une lueur
de vie pouvait l'habiter, mais c'était le rêve d'une
imagination malheureuse, que deviendrait ce fœtus,
s'il existait, mais il n'existait pas, il ne sortirait jamais
de ses limbes, de son néant, tant de vies vainement
espérées allaient s'éteindre dans le chaos du XXIe
siècle qui s'annonçait, seule Raymonde croyait que
la sénescence du monde serait renouvelée demain,
mais elle se trompait, pensait Anna, on avait déjà tout
conclu et décidé à leur place, il n'y aurait pas d'avenir, même dans les cœurs, on l'avait déjà tué, Anna

se demandait si ses parents avaient éprouvé cela, la nuit où ils l'avaient conçue, c'était en été, dans un champ, peut-être, dans leur miraculeuse inconscience ils n'avaient rien senti, peut-être, sinon l'étreinte de leurs deux jeunesses avides, brutales, la nature les avait grisés de sons, d'odeurs, et Anna se retrouvait aujourd'hui seule, affrontant la vérité mutilée de sa vie, Alexandre racontait à Anna le bonheur qu'il avait connu, sur les routes, au Danemark, au Japon, c'est pourtant près de Raymonde, dans une chambre solitaire qu'il avait espéré terminer son livre, dans cette chambre, il avait réfléchi à ce conseil de Dostoïevski à des débutants, «pour écrire bien, il faut souffrir, beaucoup souffrir», il demandait à Anna si elle n'avait pas remarqué «ces plis soucieux» à son front, elle souriait, il la regardait en pensant que malgré toute sa tendresse pour elle, il ne pénétrait pas cet être taciturne et fermé, c'était comme une image qui était là et dont il ne pénétrait pas le secret, dans son malaise il parlait beaucoup, étouffait ainsi le silence d'Anna, «les hommes, disait-il, ont toujours éprouvé ce besoin d'être libres de leurs liens, quand les femmes, elles, au contraire, sont sensibles à ce qui les rattache à la terre, même Aliocha Karamazov était un égoïste comme moi, c'était un saint, peut-être, mais il avait rêvé de partir, de se réfugier dans la vie monastique quand son devoir était auprès de ses frères cruels et lascifs», et soudain Alexandre songea à cette histoire qu'il avait lue, récemment, à Paris, il y avait de jeunes clochards souvent d'origine bourgeoise qui allaient se nourrir la nuit et à l'aube dans les détritus des cours de restaurants, ce phénomène allait s'accroissant dans les villes, comment vivait donc le jour cette meute de carnassiers, Alexandre se disait que ces jeunes gens lui ressemblaient peut-être de façon souterraine, car chacun ne pouvait faire autrement que de refléter le visage de son époque, eux aussi, pensait-il, ils ne peuvent être libres, même dans leur déchéance, ils ne peuvent être libres de l'aberration de notre temps, de ses servitudes, d'événements sinistres que le monde réservait pour eux, libres de l'autorité de ces vieillards qui décideraient de leur avenir, Alexandre ne devait-il pas écrire à ce sujet, le seul sujet d'un romancier d'aujourd'hui, pensait-il, la survie de l'espèce, ne devait-il pas, témoin de tant de malheurs, aller voir ce qui se passait à côté de la vie, dans ces zones où bougeaient des femmes, des hommes, de son âge, que la société refoulait, rejetait car c'étaient là, sa honte, ses larves. Les Zonards de Paris ressemblaient à Alexandre, révoltés comme lui, ils allaient plus loin dans leur colère explosive, le labeur humiliant qu'ils subissaient dans la zone était une manifestation de liberté, de courage, Alexandre écrirait tout cela dans son livre, chacun luttait à sa façon, avec sa dignité perdue ou conquérante, chacun sentait venir vers lui la vague d'un suicide collectif qui allait le submerger; Michelle écoutait une voix de femme à la radio, une violoniste racontait sa vie musicale à New York, Prague, Londres, «je suis une citoyenne du monde depuis l'enfance», disait la voix, et Michelle écoutait celle qui n'avait plus eu besoin de professeurs, dès l'âge

de dix ans, nous, c'est différent, pensait Michelle, on
dévalise les appartements pour s'acheter du hasch, et
elle avait envie de pleurer, pas à cause de cela, mais
parce qu'elle n'avait pas dormi depuis plusieurs nuits,
dans une voiture avec un copain, mais on dormait si
mal, elle dirait à Anna, dont elle entendait le souffle
près de sa nuque, je voudrais me laver ici, vivre ici,
me laver les cheveux, Anna regardait ces cheveux,
cette matière luxuriante l'irritait, la torturait, qu'ils
nous défendaient peu, ces poils luisants, contre l'emprise du froid, de la mort, on les avait posés là, sur
nos corps, autour de nos visages, avec leurs reflets,
leur fine sensualité, que pour mieux nous rappeler,
rappeler à nos esprits combien ils seraient un jour
déshérités, seuls. Elle se souvenait d'un garçon blond
soulevant, en marchant, avec la poussière des quar-
tiers pauvres, en été, un plumage qui semblait trouer
l'air, l'air vicié, sans ciel, en apparence, et soudain
ces deux ailes qui allaient seules, comme un ornement perdu, Anna s'était retournée sur sa bicyclette,
comme pour emporter le garçon avec elle, le protéger, le défendre, puis il avait disparu, il allait vivre,
vivre comme elle, mais il ne savait pas, comme Anna,
que pendant que la lumière du soleil jouait dans ses
cheveux et qu'il longeait un mur de brique, d'un pas
sautillant, il ne savait pas qu'un jour, tout ce qui était
parfait, en lui, même les ailes lisses de ses cheveux,
dans le vent, ne servirait à rien, à personne, qu'Anna
elle-même ne serait plus là pour les admirer, que de
beaux cheveux encerclaient des visages souvent
débiles, dépourvus d'expression, pensait Anna, toute

cette matière lisse ou rugueuse, aussi innocente que
la fourrure des animaux, allait un jour disparaître avec
nous, même ces animaux que nous avions aimés et
torturés, pour notre plaisir ou notre consommation,
n'allions-nous pas les revoir dans notre stupide éternité, le pressentiment d'Anna, depuis quelque temps,
depuis qu'elle cherchait la signification de tout cela,
c'était que ce spectacle de calamités auquel chacun
assistait, chaque jour, à la télévision ou dans les journaux, ne se passait pas très loin de nous, mais en
nous-mêmes, la lente dégradation du monde avait
commencé dans nos corps, dans nos cerveaux, même
si nous refusions de la voir ou de l'admettre, Anna
se demandait, pourquoi ont-ils fait l'amour sans penser à moi, ils continuent tous de mettre des vies au
monde, de nous meurtrir, de nous maltraiter, ils
étaient capables d'inoculer la syphilis, le cancer, à un
peuple de souris, de lapins, voilà pourquoi ces
photographies de laboratoires leur ressemblaient, ils
étaient rongés par la syphilis, le cancer, et leurs
descendants le seraient aussi, ils avaient le regard
vitreux, le poil décimé, il n'y avait aucune frontière
entre eux et leurs meurtres, et demain, aucune différence, entre leurs meurtres et nous. Michelle avait pris
sa tête entre ses mains, tout lui semblait lourd, soudain, mais après un bain, elle irait mieux, elle eût
aimé dire à Anna, «une sonate de Bach, cela me pren-
drait des années pour savoir la jouer, comme cette
violoniste célèbre, à la radio, c'est tellement difficile
quand on ne sait rien, quand on a besoin de professeurs», mais elle ne disait rien, écoutait ces autres qui

parlaient de l'usage de stupéfiants, chez les jeunes, d'un nouveau centre de désintoxication à ouvrir bientôt, chacun de ces autres lui semblait dérangé, perturbé, il y avait dans le dénuement de Michelle, à cet instant, pensait Anna, sur ce front hagard sous l'épaisseur des cheveux, un désarroi qui lui rappelait la petite prostituée de chez Johnson, c'est ainsi qu'elle pensait à cette mineure dont elle avait aperçu l'existence clandestine, un jour, songeant que dans toute la chaîne de restaurants identiques qui hantaient les villes surpeuplées, la petite prostituée, avec ses boucles d'oreilles, son pâle visage strié de rouge, sur les joues, sa robe noire trop courte, sa toux secouant son corps pubère, n'était qu'une existence, parmi d'autres, Michelle était plus sophistiquée que la fille inconnue, buvant un Coke, les jambes enlacées à son tabouret, surveillant, d'un œil expert, les mâles convoitises de la fin du jour, mais elle ne savait pas davantage se défendre ou se protéger, pas plus que le garçon blond longeant le mur de brique, par un jour d'intense chaleur, toutes ces créatures encore neuves avec leur peau de satin, leurs yeux humides, leurs cheveux fous, ne savaient donc pas qu'elles étaient déjà les proies des autres, qu'on les attendait, dans des lieux louches, qu'on les initiait déjà, à leur insu, aux jeux du mensonge et de la promiscuité sans lesquels la société ne pouvait pas vivre? Elles étaient, comme les cerfs des forêts, pensait Anna, des cibles charnues, inconscientes de l'appétit qu'elles provoquaient, et elles iraient ainsi, jusqu'à leur extinction, d'une éclaircie de forêt à l'autre, le cœur pantelant d'espoir, pourtant, la petite prostituée avait sans doute compris qu'il n'y avait rien à rejeter chez un homme, on le suivait, c'est tout, l'antre du bonheur, de la découverte, c'était un passage étroit, sombre et nauséabond, au rez-de-chaussée d'un restaurant, là, comme ailleurs, on pouvait apprendre la vie, un peu de mescaline et on s'évadait, l'essentiel n'était-il pas d'exister, de sentir, tout près de soi, malgré le froid et la fatigue, et cette toux qui avait duré tout l'hiver, ce quelque chose de monstrueux, de vivant, nul ne le savait, pensait Anna, qui sait, si ce coin sombre, avec la décrépitude de ses murs et de sa tuyauterie ne représentait pas un paradis, un lieu d'extases? Il fallait devenir comme eux, s'effacer parmi leurs rangs ou mourir à leurs servitudes, que faisait Michelle en cette vie, avec le raffinement de sa nature, ce nez délicat, ces mains qui travaillaient la sonate de Bach, ne comprenait-elle pas que pour survivre, cette grâce était vaine, stérile? Anna, qui n'avait que quelques années de plus, tenterait de lui inculquer cette notion de calcul, de persévérance calculatrice, pensait-elle, si indispensable à la survie de leur génération, mais Michelle ne comprendrait pas; ce qui leur échouait naturellement de la table des bourgeois, de la maison de leurs parents, comme de toute autre institution sociale dans laquelle Michelle et ses sœurs n'avaient pas de droits, pourquoi ne le prenait-elle pas de force, comme elle eût dû le faire, ou pourquoi Michelle associait-elle cet acte de prendre ce qui lui était dû, au vol, au vandalisme dont on accusait la jeunesse? Elle avait tort, pensait Anna, car les mots vol, vandalisme, n'existaient que pour leurs faux juges qui étaient, eux, les coupables de ces fautes, peut-être Michelle apprendrait-elle à travers notre chaos, à jouer la sonate de Bach, mais elle ne saurait pas survivre, pensait Anna, et cet acte, seul, méritait notre amour, notre solidarité. Michelle ressemblait aussi, en cet instant pour Anna, à cette chevrette qu'elles avaient vue ensemble bondir de joie, un vendredi saint, entre les tables d'une taverne grecque de la ville, le patron de l'endroit avait compris, peut-être, avec quelle hostilité le jugeait Anna, car elle avait senti se tourner vers elle cette violence heureuse et satisfaite d'elle-même, dont la chevrette serait demain la victime, laquelle, en attendant d'atteindre sa cible, rôdait autour d'elle, de Michelle, ne savait comment les blesser, les déchirer, sous prétexte qu'il était illégal de boire, à leurs âges, mais Anna avait le sentiment que cette violence avait toujours été là, ici ou ailleurs, que cet homme grossier n'était qu'une illustration passagère d'une violence infiniment plus redoutable et plus cachée qui rêvait de les anéantir tous, elle et les êtres de son espèce ou tout ce qui, comme la chevrette, était le symbole de la fragilité, en ce monde, cherchant, ici ou ailleurs, un refuge, une halte à la cruauté de l'homme, même si elle devait être physiquement vaincue par cette masse de muscles et de bestiale candeur, Anna regardait l'homme avec défi, un défi qui lui eût arraché des larmes de colère et de haine, quand elle sentait Michelle près d'elle, minuscule dans son manteau trop grand, Michelle qui ignorait à quel pouvoir malfaisant elle serait livrée, demain, elle aussi, car comme la chevrette, elle ne semblait rien comprendre, était légère et gracieuse, c'était la proie encore libre du vendredi saint, jouant entre les tables, au grésillement d'une musique exilée, et Anna avait pensé, c'est la vie de Michelle, presque la mienne, qu'est-ce que la vie, la mort, cette funèbre veillée autour d'un moment de fête, d'espoir, et qu'était-ce que l'insoumission d'Anna, «le réseau d'Anna», disait-on, lorsqu'on parlait d'elle et de ses amis, devant ce boucher qui incarnait une mafia si sourde qu'on ne la voyait ni ne la reconnaissait, car elle était l'Homme, la Ville comme il l'avait faite, et tout ce que l'homme avait manié et touché à des fins malhonnêtes, sous ce règne d'une peur magistrale, il y avait les femmes inclinées et courbées, et celles qui, comme Michelle, ne savaient rien encore des ordres auxquels elles devraient obéir. Il y avait aussi, pensait Anna, celles qui ne disaient rien et qui souriaient avec complicité comme le faisait la jeune serveuse du patron, c'était une pâle forme, sans nom, debout aux côtés de cet homme, mise là par la vie pour le servir et servir sa bassesse, et cela semblait lui plaire ainsi, puisqu'elle regardait Anna en posant sur elle ce sourire béat, un peu veule, déjà, oui, pensait Anna, qu'était-ce qu'un réseau de passeurs de drogues adolescents, ils rentraient et sortaient de l'Institut Correctionnel, Raymonde tentait de les rééduquer, mais pourquoi et vers quel but, pensait Anna, qui étaient ces aventuriers encore prisonniers de leur enfance, poursuivis, persécutés pour d'infimes effractions à la loi, quand régnait autour d'eux une terreur mâle, omniprésente dont la brutalité était souverainement permise? Ce n'était pas que la ville, le monde, pensait Anna, qui étaient porteurs de cette autorité dangereuse pour tant de vies, mais à part la Nature dont on disait qu'elle était la création de Dieu, il n'y avait pas d'autorité plus altière pour déchaîner contre Michelle et les siens, Anna et ceux qu'elle aimait, ces machines de terreur qu'étaient la prison, la nation, l'État, et cela qu'on redoutait plus que tout et qui était une invention de l'homme, l'armée, chacun de ces mots qu'on ne pouvait nommer, sans crainte, pressentait Anna, chacun de ces mots menaçait ces vies jeunes, encore endormies, encore étourdies par l'élan de leur propre grâce, ainsi, Anna dirait à Raymonde, sa mère, qu'elle avait tort de prononcer devant elle ces mots en lesquels elle avait foi, rééducation, transformation, Michelle l'avait appelée du poste de police à 2 heures du matin en lui demandant du secours, mais Anna dirait à Raymonde qu'elle n'avait pas le droit de prononcer ces mots, car ils appartenaient à un État créé par des hommes qui gouvernaient, ils appartenaient au monde de la loi, à l'homme qui les avait inventés de siècle en siècle sans comprendre qu'ils étaient des mots de terreur. Puis il y avait eu cet instant où Raymonde avait frémi de douleur en observant le geste absent de sa fille, déposant sa fourchette sur la nappe, elle se souvenait de ce temps où Anna venait encore s'étendre près d'elle, quand elle lisait tard, le soir, elle sentait à nouveau près d'elle cette présence avertie qui ne dormait pas, ne semblait jamais se reposer, cette tête rigide au creux de son épaule, et soudain l'atmosphère se remplissait insidieusement de ces mots, ennui, dégoût, désenchantement de vivre, contre lesquels Raymonde n'avait aucune prise, car ces sensations lui étaient hostiles et inconnues, toutefois, ce dégoût, cet ennui, fouillés par une intelligence vive, n'étaient-ils pas déjà inscrits dans le pli de sa bouche, sur le front muet d'Anna, Raymonde demandait alors avec inquiétude, «Est-ce que tu t'ennuies?» Anna répondait en souriant: «Tu vois bien que je pense», et elles se taisaient toutes les deux, le silence était plus pesant aujourd'hui encore quand Raymonde croisait le regard gris d'Anna, au bout de la table, ce regard qui la défiait avec ironie et qui semblait lui dire, «Te souviens-tu, Raymonde, quand tu volais des livres, autrefois, c'était pour dénoncer l'ignorance autour de toi, et ce recel de viandes et de légumes dérobés, c'était pour nous nourrir, mon père et moi, pourquoi ne te souviens-tu pas du passé», «Nous n'étions que des étudiants, ton père et moi, semblait répondre Raymonde, n'ai-je pas toujours voulu effacer autour de toi les stigmates d'une vie bohème qui t'eût empêchée de grandir comme les autres», mais soudain, la petite tête rigide, contre l'oreiller, accusait, dénonçait, les mots qui sortaient de la bouche d'Anna étaient lucides, ils évoquaient cette philosophie de l'existence que Raymonde avait autrefois embrassée d'un seul élan dans les œuvres de Sartre, Camus, ces œuvres avaient exalté l'imagination de Raymonde quand les réflexions de sa fille la désolaient, Anna accusait surtout sa mère d'avoir perdu la ferveur guerrière dont elle héritait aujourd'hui, sans le savoir, car la guerre d'Anna ne ressemblait-elle pas à de l'inertie, Raymonde pensait avec amertume, elle croit donc que je ne suis plus utile, mais parfois, la présence d'Anna était plus tendre, aux côtés de Raymonde, on eût dit un jeune chien qui venait s'étendre là pour être réconforté, puis Anna se levait soudain, disparaissant comme elle était venue, dans sa chemise kaki «qu'elle n'enlevait pas même pour dormir», disait sa mère, ennui, dégoût, désenchantement de vivre, Raymonde posait sa main sur le front d'Anna, «Je me lève tôt demain, il y a encore des problèmes à l'Institut, tu ferais mieux d'aller dans ta chambre, maintenant», Anna savait que Raymonde mentait, des problèmes à l'Institut, c'était ce mot que sa mère n'osait pas prononcer devant elle, ce mot, violence, une détenue de quinze ans avait sans doute assailli sa mère avec un couteau parce qu'elle lui avait refusé sa permission de sortir, un dimanche, Anna respirait partout autour d'elle la présence de ce fléau, la violence, la violence dont on refusait de parler avec franchise, comme la maladie ou la mort, mais cela allait et venait autour d'elle, même lorsqu'elle venait calmement s'étendre près de sa mère, le soir, et que Raymonde tentait d'apaiser sous des caresses l'inquiétude qui ne leur laissait aucun repos. Et maintenant Michelle était là, et Anna lui parlait à voix basse, Raymonde n'entendait que le murmure de leurs voix unies, j'espère qu'elle ne raconte pas à cette petite son aventure dangereuse dans les Caraïbes ou qu'elle ne lui parle pas de Philippe, elle pourrait l'influencer de façon négative, elle avait mis ses lunettes afin de mieux les voir, le visage d'Anna n'était-il pas plus doux depuis son retour à la maison, ou bien Raymonde s'imaginait-elle que sa fille pouvait encore changer, non, c'était comme le souvenir de cette petite tête rigide, sur l'oreiller, rien ne changeait, Anna vivait ailleurs, loin d'elle, du moins, dans la transparence d'un univers qui lui était étranger.

C'était l'idée chrétienne du bonheur sur la terre, pensait Alexandre, d'énoncer que chacun devait trouver ici-bas un lieu où poser son corps à la dérive, un toit, un lit pour la détente de ses membres, rien n'était plus invraisemblable pourtant, des nations entières, femmes, hommes, enfants, vivaient sans feu, sans toit, obsédés par la faim, son élancement vertigineux qui engourdissait l'esprit, on les avait soumis à un mouvement sans repos, au labeur forcé des espèces inférieures, ils s'affolaient partout, c'était le fleuve des vivants oubliés, ils étaient portés au-devant d'eux-mêmes par l'hallucination de la faim, du désespoir, la fixité de leurs désirs marchait devant eux, la faim, la faim, et ce rêve qu'ils ne pourraient jamais atteindre le foyer, la maison, c'est ainsi, pensait Alexandre que leurs chairs sillonnées de plis semblaient se dissoudre, qu'ils allaient et venaient sans but, comme des couches de brouillard et que peu à peu ce brouillard fébrile avait remplacé leurs gestes, attiédi leur regard, à nouveau, Alexandre était projeté parmi eux, un jour, c'était la pluie glacée, la neige ou le vent qui marquaient son visage, demain, il ferait si beau

que le ciel serait bleu à rendre fou, contre la permanence de la neige, il y aurait des aubes où le soleil
tarderait à poindre dans le vaste ciel gris et blanc,
Miami Beach, Portland, certains venaient déposer
leurs membres raidis dans les fauteuils de luxe des
gares, des aéroports, Alexandre lissait de ses doigts
les poils de sa barbe, il serait battu comme un vieux
moujik avant la trentaine et Raymonde retrouverait
en lui, demain, non plus ce mâle orgueilleux, cette
cervelle enflammée qui parlait de tout sans rien
connaître, mais un cœur épuré par l'amère connaissance que tous redoutent, oui, il irait, pour elle, en
pensant à Raymonde, Anna, à la dignité de leurs liens,
en ce monde obscur où chacun hésite à se lier à
l'autre, sous le mouvement de la peur, il irait, lui,
jusqu'au fond de ces profondeurs humaines qui nous
effraient, en attendant, il songeait qu'il soufflait dans
ses mains pour les réchauffer, rêvant près d'un vieux
qui avait de larges trous dans ses semelles, au bol de
soupe fumant, à quelque asile, quelque part, cette nuit
ou demain, et Raymonde se levait seule, parlait seule
à sa fille, «un cours ce matin, tu n'as pas oublié», on
n'était jamais sûre si Anna était là vraiment, cet écho,
ce silence, elle avait laissé la cage ouverte, les oiseaux
volaient librement dans la cuisine, on eût dit que la
vie de Raymonde était en suspens, qu'elle ne parvien-
drait plus à achever le geste simple qu'elle avait commencé, faire son lit, plier une couverture, rien de tout
cela n'était vrai pourtant, elle se sentait vigoureuse,
d'une énergie qu'elle devait contenir, pensait-elle, je
me souviens, je ramenais Anna après l'école, se

soumettait-elle à ma présence parce qu'elle était trop petite pour traverser les rues, seule, c'était ce jour-là, oui, une femme apparut, surgissant d'une rue étroite, à peine vêtue, pieds nus dans des chaussures au talon de verre, un homme venait de la quitter, emportant ses affaires dans un camion, c'étaient de frêles chaussures d'été qui pliaient sous elle, grattaient le sol durci par le froid, la jeune femme se mit à crier, longuement, on eût dit que son mal la figeait dans une ascension, qu'elle allait s'envoler avec son cri, l'homme, le camion, les valises encore entrouvertes à l'arrière, il y avait là une telle propulsion de douleur et de violence que Raymonde sentit en elle-même ce moment de rupture avec la vie qui avait eu lieu, elle se pencha vers sa fille, oh! ce visage rebelle dans les roses lueurs de la nuit hivernale qui approchait, mais qui sait, ce qu'il y avait là, sous le masque enfantin, les lèvres scellées, Anna avait jugé, condamné l'homme qui parlait ainsi, elle avait condamné son père, autrefois, c'était là son premier acte de haine, peut-être, ou de haine consciente, et Raymonde avait pensé, elle ne peut pas comprendre, ils s'aimaient, hier, ce matin, il y a à peine quelques heures, encore, et soudain ils sont anéantis, qui sait, ils sont peut-être déracinés en même temps, arrachés du sol par la même ascension douloureuse et violente, mais chacun comprenait seul, peut-être, combien l'amour les avait consolés ou préservés de cet anéantissement de tout auquel chacun ferait face un jour, le présage de tout ce qui est là, prêt à surgir, mais que l'on voit moins à deux, pensait Raymonde, le présage de sa

propre mort. «Tu vis ici ou chez Anna», disait Guislaine à sa fille, «est-ce moi, ta mère, ou est-ce
Raymonde, mon amie?» Michelle sentait peser sur
elle ces dons ambigus que lui prodiguait l'affection
de ses parents, l'autorité de l'amour, et cette impatience contre soi-même de recevoir si peu, en retour,
dont Guislaine se plaignait tant, cette prodigalité
incessante, partout, en toutes saisons, on obstruait sa
vie et celle de sa sœur de cadeaux qu'elles ne méritaient pas, hier, des cours de danse quand son corps
alangui la portait si mal, quand il lui semblait que
même dans sa constitution physique on devait sentir
quelque faille ou quelque excès hérités d'eux, de leur
nature, n'avait-elle pas l'épine dorsale courbée, le nez
trop long, et maintenant ces leçons de piano à l'École
de musique, «tu marches croche, tu as fumé avec
Anna, vous ne pensez jamais à moi, médecin dans
une campagne perdue, nous n'aurions pas à souffrir
de l'influence néfaste des drogues, de l'homosexualité, nous serions enfin une vraie famille, et je ne me
dirais pas toute la journée, Michelle s'enferme dans
les toilettes pour se piquer, Michelle pourrait mourir
et Michelle est ma fille», Michelle ouvrait un livre
sur ses genoux, Cosima, Cosima Wagner, elle a vécu,
elle a souffert, je ne pourrai jamais la connaître, en
attendant, elle profanait chaque jour les dons de cet
amour maternel, intense et si touchant, «je me tue à
vous dire que j'existe moi aussi», répétait Guislaine
à Michelle, et il y avait tout près d'elle ce bloc de
complicités muettes que formaient les deux sœurs,
Michelle enfermée avec son livre, Liliane qui

s'habillait pour sortir, «tu iras encore traîner chez ces filles ou dans les bars», disait Guislaine, et Michelle qui venait de passer la nuit dans une voiture avec un garçon, une voiture qui ne leur appartenait pas, il y avait sous ses yeux, l'image du corps humain dont les cellules étaient peu à peu détruites par le cancer, Liliane, Michelle, elles étaient saines, mais les drogues, cette contagion des villes, le sexe précoce, elle ne leur demandait que d'être un peu semblables aux autres, leur père n'était-il pas un jeune sociologue respecté dans son milieu, et lentement, tardivement, pensait-elle, elle songeait à la dignité d'acquérir elle-même une profession jadis abandonnée, le temps d'élever les enfants, «je sais que vous pensez toujours qu'il est trop tard lorsqu'il s'agit de nous, votre père et moi», mais Liliane et Michelle ne disaient rien, toutes ces vies qui vont et viennent et disparaissent d'un seul coup, pensait Alexandre, une femme qu'il avait connue, parmi tant d'autres, une serveuse élégante et jolie avait demandé un jour à ses clients à qui appartenait une veste de daim qui traînait chez elle depuis quelques mois, on lui avait répondu que l'homme ne reviendrait pas puisqu'il était mort, la serveuse avait peut-être éprouvé une hésitante sympathie pour son client, lorsqu'il buvait le soir, grossier et tapageur, parmi les siens, mais soudain la veste de daim crasseuse devenait symbole d'un deuil qui répugnait à chacun, lorsqu'il aimait la vie, et on jetait vite le vêtement honteux dans le sac d'ordures, cela devait disparaître, ne plus être, désormais, pensait Alexandre, c'est à peine si l'on entendrait le bref silence, le silence exténué de l'ivrogne s'en allant dans un autre monde, le froissement de la veste de daim dans ce sac vert uniforme dans lequel on glissait aussi les morts, car l'étoffe de la vie était partout la même, réelle et tangible, pensait Alexandre, on ne pouvait plus fuir l'uniformité de ce décor misérable dans lequel on vivait.

Mais je suis ici, sur cette terre, pensait Alexandre, c'est donc pour m'égayer à la pensée de ma propre existence, contrairement à ce que l'on apprend dans les livres des philosophes, je suis ici pour être heureux, l'homme qui dormait sous la terre, celui qui avait été l'ivrogne à la veste de daim, devait bien regretter son existence, et surtout ces heures de croupissantes rêveries auprès d'une serveuse qui avait été juge, un instant, de sa fureur d'exister, même sous une forme débraillée et lascive, il n'était plus là pour déguster, gémir sur son sort, mais combien il devait regretter, pensait Alexandre, le souvenir de ses peines, parmi nous, au fond de la terre, le jour ne descendait plus, quand au dehors la lumière continuait de caresser les pauvres et les riches, fortifiant les uns comme les autres de sa chaleur, telle était la félicité des vivants égoïstes et trompeurs, ils perpétuaient l'avidité de leurs jeux, oubliant que la lumière n'allait jamais du côté des morts, ainsi, le personnage à la veste de daim se retrouvait-il pressé, avili, sous cette dictature invisible qui régnait sur la poussière, il y a peu de temps encore il avait sa place dans ce royaume anarchique et violent du dessus, mais soudain il

n'était plus que la pâture des vers, en dessous, une
lueur de conscience habitait encore son cerveau désormais stérile, c'était une lueur d'envie, de férocité
pour cette vie perdue, qui sait, pendant cette heure
du soir où le soleil déclinait sur la terre, il enviait,
peut-être, pensait Alexandre, une existence qu'il
n'avait jamais connue, celle d'un paysan paisible,
menant son âne, au bout d'une corde, au Pérou ou
ailleurs, il faisait chaud, la peau du paysan reluisait
d'une sueur âcre, pendant qu'il avançait vers le soleil
couchant, et celui qui avait été l'homme à la veste
de daim pensait, même le plus destitué d'entre eux,
vit et respire à ma place, peut encore aller se fondre,
après une journée de labeur, comme une tache noire
dans l'incendie du ciel et savoir que le lendemain, on
aura encore besoin de lui, dans les champs.

Le petit vieux qui avait de larges trous dans ses
semelles désignait d'un regard fatigué le vide métallique de la gare, cette chose qui s'ouvrait devant lui,
l'absence d'espoir, et qu'il contemplait, un vigoureux
garçon comme Alexandre ne pouvait la concevoir,
«vous savez bien que même là-bas, au loin, ce sera
encore l'hiver, les jeunes d'aujourd'hui», marmonnait-il, les yeux fixés devant lui, et Alexandre pensait,
c'est vrai, je n'ai pas vu Anna, ce matin, en partant,
les amis d'Anna, elle était peut-être ailleurs, chez eux,
la lourdeur de leur démarche, la nuit, frôlant les murs,
une silencieuse commotion les emportait loin de nous,
la mescaline, la cocaïne, elle n'y touchait plus, depuis
son retour, peut-être, Michelle, Anna, les lignes

sinueuses de ces frêles visages, lorsqu'elles se rap-
prochaient pour lire ensemble, ou bavarder entre elles,
la tête bouclée de Michelle qui se penchait gracieu-
sement sur l'épaule d'Anna, mais la nuit, parfois, ces
corps sveltes avaient la lourdeur du plomb, frôlant
nos murs, nos maisons, dans un fracas de membres
épouvantés que nous n'entendions plus, Anna, comment avait-il pu quitter la maison sans revoir Anna,
le vieux qui était debout près d'Alexandre semblait
distrait par une femme d'une soixantaine d'années,
vêtue d'un manteau gris à capuchon, comme une
petite fille, encadrée de deux policiers qui se
penchaient vers elle, avec un air de tolérance qui ressemblait à de la pitié, encore une personne sans
domicile, pensa le vieux, irrité, pendant que les policiers poursuivaient leur questionnaire douceâtre et
triste et que les mots de la fatalité s'inscrivaient dans
l'air, «vous devez bien connaître quelqu'un, ici, on
ne peut pas vous laisser partir sans billets, regardez
encore dans votre sac», la femme demanda si elle
pouvait s'asseoir par terre, «si vous voulez», répon-
dit l'un d'eux, ils semblaient surpris et pleins d'une
mansuétude inquiète pour le sort de cet être qui leur
était soudain confié, «mais oui, bien sûr, vous pouvez vous asseoir, mais il y a des bancs là-bas, si vous
préférez», de grosses larmes roulaient sur les joues
de la femme qui s'écroula le long du mur en disant
qu'elle ne pouvait pas aller plus loin, et le vieux
observait avec indignation le pantalon de laine troué,
les minuscules bottes rouges en caoutchouc de la
femme sans défense, assise là, contre le comptoir des

billets, ne venait-elle pas de consentir à sa déchéance sans le savoir, pensait le vieux, et cette misère qui ne pouvait plus se combattre elle-même, qui s'avouait vaincue, provoquait son dégoût car il y avait dans l'abandon de cette vie, une indifférence, une douleur liées à son propre destin d'homme seul, de personne sans domicile, même s'il était trop en colère pour verser des larmes comme le faisait cette femme, en attirant vers elle la tolérance ou la pitié, ou les deux à la fois, peut-être.

Les oiseaux volaient librement dans la cuisine, Anna avait l'habitude de laisser la cage ouverte lorsqu'elle partait, le matin, «un cours de biologie», dit Raymonde, mais Anna n'était déjà plus là, quelques objets essoufflés par la tyrannie de l'existence, l'existence d'Anna, comme celle des autres qu'elle croisait tous les jours, reposaient dans les coins de la chambre, la chemise kaki, un jean dont l'étoffe avait été si amincie par l'usage qu'il semblait une extension d'Anna, de la transparence de sa peau comme de l'élasticité de ses muscles, dans cette chambre où Anna avait grandi et qu'elle avait quittée si tôt, on voyait une reproduction de Boudin que Raymonde avait mise là, sur un mur qu'elle avait jadis peint en rose pour plaire à sa fille, cette œuvre de Boudin illustrait le bonheur de vivre sur les plages de Honfleur, des baigneurs de fin de siècle, cela, même s'ils n'étaient déjà plus près de nous, dans le temps, tournaient vers le ciel un profil statique, toute la sensualité de l'été s'arrêtait là, sur le contentement d'une bourgeoisie sereine, immuable dans l'attente de ses plaisirs, et qu'y avait-il de blâmable à aimer l'air, le soleil et la mer, à venir étendre sous un ciel parfaitement bleu et indolore, son corps accueillant la joie de vivre aujourd'hui, l'espérance de durer demain, que pouvait-on reprocher à ce chaste paysage marin sinon de représenter ce que nous n'étions plus, désormais, ce que nous n'allions plus jamais être, un paradis déjà lointain que nous avions détruit, non, protestait Raymonde, intérieurement, non ce sont les idées d'Anna, nous n'avons rien détruit, et elle entendait la voix d'Anna s'exprimant dans une telle douceur résignée, parfois, cette voix qui répétait, ils me répugnent, ces gens, eux, leur ciel, leur mer, sous cet air paisible et serein, ils ne cachent que cruautés et hypocrisies, «mais ce sont des gens, comme toi et moi», disait Raymonde, «quand je t'ai amenée en France, tu y étais bien, Anna, souviens-toi», Anna avait regardé sa mère, incapable d'exprimer ce qu'elle voyait et appréhendait de l'autre côté de ce tableau où l'eau, la lumière, se répandaient en toute innocence, la nature était ainsi faite qu'elle nous enveloppait sans nous voir, les rayons du soleil épuisaient l'homme affaibli par la faim, quand, ailleurs, ils alimentaient de verts pâturages qui resplendissaient sous nos yeux, l'eau, l'air, la lumière nous rappelaient notre innocence perdue, en un monde où nous allions les condamner à ne plus être, sauf dans les tableaux. Anna éprouvait soudain le désir de quitter cette vie, cette terre où elle n'avait pas même la liberté de choisir, comme sa mère l'avait fait avant elle, aucun

choix, peut-être, pensait-elle, sinon de devenir demain
l'involontaire témoin du génocide de sa génération,
y avait-il une injustice plus grande que celle de comprendre qu'on vous avait donné la vie tout en vous
en privant, et que cette tâche de sauver des vies, qui
exigeait tant de soins et de délicatesses était confiée
à des brutes séniles qui tenaient en leurs pouvoirs vos
destinées encore vierges, non, pour Anna, ce coin du
mur que Raymonde avait jadis peint en rose, était le
théâtre d'événements si lugubres que l'eau, l'air, la
lumière, lui semblaient distillés, avec ce brouillard de
teintes que formaient les taches du tableau, dans cette
poudre de sang qui annonçait aussi l'extinction de sa
vie. Et ces oiseaux qui ont encore sali ma maison,
pensait Raymonde, en secouant la poussière des
rideaux, Anna était encore là, dans le sillon de cette
vie animale qui persistait derrière elle, la perruche,
les colombes, et le chien dont il faudrait se séparer
parce qu'elle oubliait de le sortir, tout était ici lié à
Anna, à cette perception du monde qui n'était que la
sienne, au flottement de ses pensées, lorsqu'elle ne
sortait pas, pendant plusieurs jours, ne sachant plus
si c'était le jour ou la nuit, comme à l'odeur des bêtes
dont elle s'accompagnait sur son radeau, en ce coin
de naufrage qu'était devenue sa chambre, même si
elle était de retour, même si elle paraissait être revenue, il y avait là, tout autour, une pointe d'île, de
mer, qui continuait de l'isoler de tout, pensait Raymonde, «je vous ai envoyées dans les meilleures
écoles, toi et ta sœur, et maintenant tu passes tes nuits
dans des voitures volées», disait Guislaine à Michelle,

qui entendait tout près d'elle le frottement des poings
nerveux contre la porte, même si un mur la séparait
de sa mère, elle ne bougeait plus, les coups allaient
et venaient, insensiblement et Michelle attendait la
fin de cette crise qui lui était familière, immobile,
assujettie, Cosima Wagner, Michelle avait à peine eu
le temps de lire quelques pages de son livre, oui, elles
avaient étudié dans les meilleures écoles, et aujour-
d'hui, dans les meilleurs collèges, Guislaine avait raison de se plaindre, de se révolter, «tu préparais tes
examens de piano, et soudain, oui, que s'est-il passé», la voix se rapprochait de Michelle, plus humble,
conquise, on eût dit la voix d'un psychologue, cette
voix que Liliane méprisait tant lorsqu'on parlait à sa
sœur, «ton père et moi, nous aimerions comprendre,
comment veux-tu, si tu ne parles pas», et Michelle
revit ce passage de son existence fait d'amour et de
dévotion à la musique, comme Cosima Wagner,
n'était-elle pas passée de l'autre côté de la vie, mais
sans avoir rien accompli encore, brusquement déraci-
née de ce qui était hier, sa force, son élan vital,
l'amour, dont ils ne savaient rien puisqu'ils ne parlaient que de sexe, la musique, dont ils ne savaient
rien non plus se persécutant les uns les autres de sons
hostiles. Dans quelle érosion des êtres et des choses
elle vivait désormais, soumets-toi, soumets-toi, semblait lui répéter la voix de sa mère, car nous te
dominons, oui, on les forçait, elle et Liliane à péné-
trer cette vieille tapisserie honteuse qu'était devenu
le monde, pour leurs parents, on leur imposait cette
agonie dans la sécheresse du cœur, car on naissait

pour vivre comme eux, pour apprendre la débilité de leur langage, on savait que sous tant de mots et d'affirmations péremptoires lorsqu'ils parlaient de leurs enfants, ils avaient peur de tout, ils ne voulaient surtout pas savoir qui ils étaient, comment ils vivaient, donc qu'ils seraient désormais imperméables à tout ce qui, en vous, était encore sensible à la douleur, à l'échec, et Michelle pensait soudain à cette femme qui était venue de Genève, avec un orchestre étranger, et qui, le temps d'une pause, pendant une messe de Bach, s'était mise à bâiller, lourdement penchée sur son violoncelle, c'était cela la détérioration du temps, c'était ne plus rien ressentir en jouant du Bach dans un grand orchestre, mais pour la femme de Genève, la musique était un métier comme les autres, qui sait, elle aimait peut-être le violoncelle même si elle s'y attaquait d'un air bourru, depuis plus de quarante ans, peut-être jouait-elle un rôle mineur dans cet orchestre qui parcourait le monde, et elle s'était mise à bâiller en ne pensant qu'à elle-même, qui sait, à sa corpulence qui la gênait, à ses rhumatismes, car soudain, cela n'existe que pour chacun l'urgence de gagner sa vie, de rentrer se reposer, et l'abandon de son visage grimaçant n'avait exprimé, peut-être, que cette inquiétude, survivre, achever sa vie confortablement et avec dignité, qui sait, même si Michelle ne l'avait pas aperçue, il y avait malgré tout quelque chose comme une âme dans la grosse femme drapée de noir qui s'agitait sur sa chaise de paille, en soupirant d'impatience pendant une messe de Bach?

Le petit vieux marmonnait encore lorsqu'il vit Alexandre qui grimpait, sac au dos, dans un autobus qui semblait transporter ses passagers à Hawaï, lequel ne dépasserait sans doute pas nos frontières, pensa le vieux, Alexandre lui fit un signe de la main, puis il disparut, le petit vieux se sentit momifié, dans cette raideur crasseuse de l'hiver qu'il portait encore dans ses vêtements dont il ne changeait jamais, il enveloppait d'un regard cupide les cendriers encore pleins autour de lui, et au bar, l'écume de la bière qui dégoulinait lentement au fond des bouteilles, comme pour le tourmenter, poilu, barbu, et inutile à la société, marmonnait-il, et l'autobus s'éloignait avec tout ce qui était au dehors, le ciel bleu, les arbres dont les branches étaient en bourgeons, et cette exaltation de la voix humaine, dans les rues, au printemps, sauf dans le cœur du vieux qui revoyait la femme au manteau gris à capuchon, qui ressemblait à une petite fille, elle s'engouffrait par une porte secrète, entre deux policiers très polis qui disaient «mais non, Madame, n'ayez pas peur», on ne la reverrait plus, pensait le vieux, Alexandre partait, emporté par un instinct libérateur, fougueux, où allait-il ainsi, il n'en savait

rien, mais les maisons, les rues fondaient graduelle-
ment sous ses yeux avec la densité de la lumière, il
se disait qu'au loin, il ne serait plus le même, une
femme vint s'asseoir près de lui, poussant rudement
devant elle ses deux fils, Marc et Pierre, qui, comme
leur mère, avaient de fins visages, mais des dents
malsaines qui les précipitaient tous les trois dans un
autre âge, soudain, ils étaient là, la mère et ses
paquets, car elle venait de quitter la maison, comme
le vieux, elle n'en avait plus, et ses deux fils, Marc
et Pierre, dont le regard était sensible et doux, pensait Alexandre, en les observant à la dérobée, où
allaient-ils eux aussi, «chez un oncle à Old Orchard,
si cet oncle est toujours de ce monde», dit la femme,
tout cela, à cause d'un mari, d'un homme pensait
Alexandre, un homme comme lui, peut-être, dont
l'indigence avait jeté dans la rue la femme qui venait
d'Asbestos et qui refusait de livrer son prénom à
Alexandre, «quand on est personne, on perd son prénom et son nom», ajoutait-elle rageusement, dans la
rue, avec ses paquets, ses deux fils, pour se retrouver soudain, ne possédant plus que ce que l'on avait
sur le dos, la femme, sa robe fleurie du dimanche
déjà chiffonnée, Marc et Pierre, les culottes raccom-
modées, dons de cousins plus grands ou plus petits
qu'eux, avec des chaussures sans lacets, béantes sur
leurs pieds nus, eux, l'usure de leur linge, de leurs
paquets friables, «lesquels ne contiennent que la vaisselle du mariage», dit la femme, et quelques jouets,
venaient de subir ce frisson de l'existence qui se
défait, terreur de tous les vivants, pensait Alexandre,

et il pensait aussi à ces pauvres qu'il avait vus prier, dans une église d'Espagne, baignant de leurs larmes, de leurs baisers, la robe de la Vierge, tant de supplications, de larmes innocentes s'éteignaient dans la tunique fastueuse de nos saints, de nos saintes, comme ici, contre l'épaule d'Alexandre qui ne savait comment répondre à cette humaine affliction, sinon en disant à la femme qui venait d'Asbestos, «vous verrez, là-bas, il fera beau, comme vous n'aurez plus rien à craindre, vous me direz votre prénom», la femme eut un sourire méfiant, mais le plus jeune de ses fils sortit ses jouets, comme aux pieds de la Vierge, des saints et des saintes, dans les églises, le besoin d'espérer était plus fort que tout, on ne pouvait s'empêcher de croire, de poser en la vie notre téméraire acte de foi, voilà pourquoi Marc avait sorti ses jouets, et sa mère, esquissé un sourire sous ses épaisses lunettes, ils partaient, eux aussi, ailleurs, au loin, les plages désertes, les bois, le silence des villes la nuit, la nature plus clémente, au loin, leur apporterait tout ce qu'on leur refusait ici, chez eux.

Anna posait sa bicyclette contre le mur, se demandant si son père l'avait aperçue, entendue, elle, son essoufflement au bout de la côte, ses cheveux tombant sur son visage, son t-shirt rouge au parfum violent, il voyait tout, entendait tout, il devait respirer son odeur, de loin, peut-être avait-il pensé, pourquoi vient-elle, a-t-elle encore besoin d'argent, c'est bien ennuyeux que je sois obligé de la voir tous les six mois, je ne le fais que pour sa mère, ou bien

pensait-il en la voyant qui donnait des coups de pied
à son sac de livres, dans l'herbe, moi non plus je
n'aimais pas la chimie, la biologie, elle est comme
une partie de l'univers, c'est ma fille, elle est blonde,
je suis blond, ses bras nus vont devenir bruns, on voit
qu'elle se sent bien aujourd'hui et cela me fait plaisir, mais il venait vers elle sans rien dire, il avait l'air
maussade, il observa soudain qu'elle «s'habillait en
haillons, comme d'habitude», et lui dit «d'enlever sa
bicyclette de là, elle dérangeait les voisins», les
voisins étaient ses voisins, pas les voisins de Raymonde, les voisins d'Anna, et Anna marchait derrière
lui, s'acheminant vers sa maison, puis vers la cour
de sa maison où il y avait un jardin et une piscine
qu'on venait d'installer, «c'est ma nouvelle piscine»,
dit le père d'Anna, «et là-bas ma petite fille Sylvie
qui aura bientôt deux ans», les tilleuls étaient chétifs,
cette année, «ma nouvelle petite fille», dit-il, les
tilleuls étaient plus chétifs que la petite fille qui mangeait trop, pensait Anna, il continuait de fumer, l'air
maussade, jetant la cendre de sa cigarette parmi les
tulipes rouges et un amas de branches mortes qu'il
allait brûler, il scrutait le ciel et se penchait parfois
vers Anna, mais ce n'était jamais pour dire qu'elle
était, elle aussi, une partie de l'univers, comme la
maison, ou la piscine ou même Sylvie qui apprenait
à marcher et tombait souvent, mais pour remarquer
qu'il payait en vain ses cours aux Ballets Russes,
puisqu'elle n'y allait plus, y avait-il une raison
sérieuse à cela, non, la cause, c'était «Anna qui ratait
tout, toujours tout», disait-il, sentencieux. Le soleil

corrosif et bon faisait tout trembler autour de soi,
l'air, la fumée au-dessus du brasier de branches
mortes, la silhouette de son père, chancelante soudain, courbée vers le feu, et ces larmes qui montaient
aux yeux d'Anna, je rêve, elle ne peut pas pleurer,
pensa-t-il sévèrement, on ne pouvait pas être beau,
jeune, on ne pleurait alors que pour attirer l'attention
des adultes, il dit, «pense à l'avenir, que signifient
ces larmes, redresse-toi», peut-être n'avait-il rien dit,
mais il lui semblait que sous ce soleil, dans l'air
dément, cet air où tout tremblait, le moindre souffle
de vie, qu'Anna elle-même s'élevait en fumée vers
le ciel, Anna, son père qu'il fallait appeler Dad ou
papa, non plus Peter, comme hier, quand il n'était
qu'un chorégraphe sans emploi que sa mère avait
ramené de la Californie, ce Peter s'élevait dans la
fumée avec Anna, «je ne suis pas un homme parfait»,
dit-il, avec une simplicité feinte, pensa-t-elle, «mais
j'ai su, contrairement à d'autres avec qui j'ai passé
ma jeunesse folle, insensée, j'ai su appartenir à la
société, ce n'était pas sans persévérance et sans
efforts, tu sais, j'ai dû lutter longtemps contre moi-
même», une simplicité feinte, pensait-elle en l'écoutant, «tu verras, sans les autres, on ne peut que
végéter, mourir, objecteur de conscience, j'ai perdu
ma patrie et le respect des hommes», Anna regardait
son père à travers les flammes, elle l'écoutait, Peter,
Anna, Raymonde, s'élevaient avec la fumée vers le
ciel, les espoirs de son père, sa liberté de fugitif,
c'était un homme parfait mais opprimé qu'elle voyait
à travers les flammes, Sylvie balbutiait, riait, «atten-

tion aux fleurs», dit Peter, «ne touche pas à tout, for-
bidden», «elle ne peut pas savoir», dit Anna, «elle ne
sait pas encore marcher», «si tu avais appris plus tôt,
toi, tu ne serais pas ce que tu es aujourd'hui», ce
n'était qu'une pensée qui avait erré dans son regard,
entre le feu et le ciel, car il n'avait pas exprimé cette
pensée, pensait Anna, c'est seulement qu'on ne pouvait rien lui cacher, c'était là sa force unique, on ne
pouvait pas lui cacher ces mensonges, «viens te baigner, ici, cet été, dans notre piscine, si tu veux, mais
n'amène pas tes amis, nous ne voulons pas de ça,
ici», que voulait-il dire, elle eut peur, la phrase
méprisante que venait de prononcer son père tombait
avec son âme lacérée, dans le feu, parmi les branches
mortes, piétinées et calcinées, c'est pour lui que Raymonde qui était honnête avait appris à voler, il avait
besoin de steak tous les jours afin de pouvoir danser,
le soir, Anna était une fille gâtée, une enfant moderne,
il eût aimé lui en faire le reproche, mais à quoi bon,
ils ne se retrouveraient plus, désormais, et la faim de
Peter était rassasiée, pensait Anna, elle n'était plus
que l'ombre de sa honte, il eût préféré ne jamais la
revoir, «viens, aide-moi un peu, dit-il, tu savais faire
des feux autrefois, nous en avons passé des nuits sur
la grève, à avoir froid», et il était souvent malade,
pensait Anna, «tu vas continuer tes études comme ta
mère te le demande», en ce temps-là, Raymonde
posait une main fraîche sur ce front qui brûlait, autour
du feu, dans la fumée de ces soirs sans lumière et
sans pain, il s'éloignait seul, ne voulait pas être
touché, elles l'avaient amené à l'hôpital, il avait la

syphilis, mais c'était Peter, son père aimant, débau-
ché, ce moment de honte, de souffrance, elle l'avait
partagé avec eux, quand ils étaient encore des parties
de l'univers, quand Dad n'était que Peter, pas cet
homme parfait qui ne dansait plus parce qu'il était
trop lourd, et les larmes montaient à ses yeux, se
figeaient là, sous ses paupières, pendant que Raymonde, Peter, Anna s'évanouissaient dans la fumée.
«*You are drifting away*, dit-il sur le ton d'une extrême
résignation, pourquoi, Anna?» et elle vit le feu qui
allait s'éteindre, qui ne serait bientôt que des braises,
de la cendre, son visage, ses bras en étaient encore
chauds, mais elle s'éloignait de lui, marchait vers le
sentier froid, vers sa bicyclette pliée contre le mur,
au soleil, elle, Anna, et cet objet froid, translucide,
glissaient le long des murs, des maisons, *drifting
away*, c'était cela, comme Tommy, Manon et les
autres, en prison, s'ils ne continuaient pas de glisser,
glisser, sous le soleil de la Floride ou ailleurs, elle
était légère et Peter ne l'habitait plus, c'est ainsi que
Philippe l'avait vue venir vers lui, quelques années
plus tôt, lui offrant un médicament sans lequel il ne
pouvait pas vivre, elle lui avait tendu l'enveloppe pré-
cieuse, il avait refermé ses mains tremblantes sur les
siennes, Peter, lui aussi, jadis, avait su vaincre cet
obstacle de la peur, Anna avait dit à Philippe qu'elle
n'était pas «un vrai pusher», la police recherchait bien
des filles de quatorze ans qui s'échappaient furtive-
ment en Floride, mais Anna n'était pas un vrai pusher, il lui arrivait d'aimer rendre ce service, par défi,
l'enveloppe lui avait été remise par un garçon incon-

nu, à l'aéroport de Miami, comme Peter, autrefois, elle serait dévoilée, fouillée par les douaniers, peut-être, mais l'obstacle de la peur serait vaincu, et elle apporterait à Philippe un message de délivrance, Philippe, c'était le droit à l'amour, à l'aventure, un habitué des drogues ne vous écrasait pas de sa protection, elle le choisirait, l'aimerait, qu'on ne vienne pas lui enlever ce droit, ce droit à l'amour, à l'aventure, architecte, Philippe avait dressé les plans d'une ville future même si son passé et le passé de l'Europe continuaient de le hanter, «l'héroïne, toi, non, tu ne devrais pas», avait-il dit à Anna, sa vie, son présent, touchaient à leurs fins, mais la vie, l'avenir, et ses erreurs, n'était-ce pas sur ce front, ce front rigide d'Anna qu'on pouvait encore le lire avec clarté, volupté, même si tout autour de lui, chaque événement du monde lui semblait dérisoire, marqué du même épuisement, de la même lassitude? *Drifting away*, pensait Anna, Peter n'avait rien su des disparitions d'Anna, ou de sa complète éclipse du monde, Raymonde n'avait jamais trahi l'absence d'Anna, de la maison, méprisant cette autorité masculine qu'elle combattait tous les jours, à l'Institut Correctionnel, à la Cour juvénile, elle attendait Anna, silencieusement, non, Peter n'avait rien su, pensait Anna, qui suivait pendant ce temps son indiscernable parcours qui l'arrachait à sa mère, et sa mère à elle, San Juan, Saint-Thomas, tous, ils rêvaient de partir vers les Caraïbes, l'espoir de plages ensoleillées, de journées en mer, en ces mois d'hiver où Anna n'était plus, ne semblait plus être de ce monde, une neige perpétuelle couvrait la fenêtre derrière laquelle Raymonde attendait, espérait, les plages volcaniques, les journées en mer, soudain, un mot parvenait jusqu'à son âme engourdie, une carte adressée à la hâte d'un port d'escale, et cela, seulement, qui était écrit, d'une écriture muette, «Anna» sur le mur jadis peint en rose, la reproduction de Boudin étreignait la tristesse de Raymonde, son isolement, et ce silence enfermé avec elle, dans la chambre, la chambre d'Anna où tournaient en rond ses autres captifs, les colombes, la perruche, son chien, ceux-là dont on ne pouvait plus se séparer, car, comme Raymonde, ils attendaient, anxieux, le retour de celle qui les remplissait d'un amour désolé, craintif, et ils allaient et venaient, sur le seuil de la chambre, autour du lit, se disant qu'elle pourrait bien être là, soudain, revenir.

La femme d'Asbestos observait ses fils d'un air sévère, Marc avait raison, bientôt, ils seraient à la campagne, au loin, pourquoi l'aîné ressemblait-il tant à son père, son menton pointu, sa nervosité lui déplaisaient, elle le foudroyait parfois du regard en lui disant «de cesser de gigoter comme ça», Marc, le plus petit, éveillait encore sa tendresse, sa sollicitude, il fredonnait «je suis un moteur, maman», et guidait ses autos, ses avions minuscules sur les bras de sa mère, dans les plis de sa robe, «ma robe du dimanche qui est toute fripée», disait-elle, mais c'est Pierre qu'elle saisissait par l'oreille et qu'elle pinçait, d'un geste devenu inconscient, mortifié, Alexandre voyait le lobe de cette oreille qui rougissait, tant de moelleuse douceur, dans le lobe de cette oreille, non, elle ne devait pas s'acharner contre lui, la femme d'Asbestos avait déjà des regrets, «mais il est dur, vous savez, on ne peut pas lui faire du mal», disait-elle à Alexandre, tout cela à cause d'un homme, pensait Alexandre en les regardant, avec pitié, qui sait, un paresseux, un rêveur, les malheurs du monde reposent toujours sur l'innocence, l'oreille de Pierre, ses larmes cachées, peut-être, gémissait-il de douleur, en secret, lorsque sa mère ne l'observait pas, nous n'avions aucune réponse à la question de Dostoïevski, nous n'avions aucune réponse à cette constante interrogation de nos vies, comment justifier Dieu ou les hommes devant les larmes des innocents, cette question, nous n'osions plus même la poser aujourd'hui, tant notre cruauté était immanente, fonctionnelle, liée aux mécanismes destructeurs de notre époque, le nombre de ces premières fleurs tuées par le gel ne serait-il pas désormais incalculable?

Avec l'approche de l'été, la douceur du climat, chacun ne pensait plus qu'à soi, à la ténacité de sa propre aventure, sur la terre, même la femme qui venait d'Asbestos et ses fils regardaient avec espoir ces grands champs verts où venaient paître les vaches, et les familles qui déjeunaient dans la verdure, insensibles à la pollution de l'air, n'allaient pas plus loin, sortant leurs tables, leurs chaises, fixant l'autoroute d'un air hagard, car il leur semblait que la campagne était venue à leur rencontre, deux jeunes gens pris à la frontière dans des délits de drogues s'en allaient, escortés par des policiers qui leur mirent des menottes avant de les faire monter dans leur voiture, il était vain de leur imposer cette humiliation, pensait Alexandre, puisqu'ils ne luttaient pas, je suis comme eux, et ils sont comme moi, pensa-t-il tristement, ils portaient tous le même jean, chaussaient les mêmes bottes, ils aimaient vivre entre eux ou seuls, dans la montagne, en Inde ou ailleurs, mais surtout, ils recherchaient la paix ou le silence, la santé d'une existence encore viable, ils n'avaient pas envie, comme Alexandre, de se battre ni de perpétuer les jeux guerriers de leurs ancêtres, et plusieurs finissaient comme eux, livrant les plus belles années de leurs vies à ces tortionnaires civilisés qui les attendaient partout, aux frontières des pays, dans les discothèques qu'ils fréquentaient, partout, ils étaient surveillés, pensait Alexandre, la conséquence d'un élan de liberté était souvent l'incarcération, la mort; la femme qui venait d'Asbestos pressait son plus jeune fils contre elle, l'arrestation des jeunes gens, à la frontière, ajoutait encore à la précarité de son existence, comment subiraient-ils, elle et ses fils, l'autocratie des lois sociales, eux qui, désormais, devaient vivre à l'écart de ces lois, des privilèges de la loi, aussi, dans cette zone où se débattaient des hommes et des femmes à leur image, frappés à jamais d'un dénuement qui éloignait d'eux leurs semblables? Déjà, il fallait répondre à l'interrogatoire des douaniers, feindre de ressembler à tous, être dignes, quand on offrait à la vue de ceux qui vous jugeaient selon vos richesses, ces créatures sans défense, deux enfants aux sourires affligés, si pauvres dans les vêtements de leurs cousins que leur mère les regardait avec compassion, *drifters, runaway children*, pensait Anna, c'est ainsi que son père désignait ceux qui ne vivaient pas comme lui, dans l'application des lois, Anna glissait à genoux dans l'herbe, elle venait souvent attendre sa mère, ici, autrefois, dans ce parc universitaire, Raymonde, Guislaine ne viendraient plus à sa rencontre, à la rencontre de Michelle, comme au temps où elles jouaient innocemment sous les arbres, «des fantômes, elles ne sont plus que des fantômes de ce qu'elles étaient», disait la mère de Michelle, il y a si peu d'années, des fantômes, déjà, mais cela importait-il de penser à leurs opinions, leurs commentaires, ici, comme dans sa chambre, Anna éprouvait le bonheur, l'étourdissement de se retrouver dans son île, ses livres étaient dispersés autour d'elle, elle aimait la brûlure du soleil sur son corps, la fraîcheur de l'ombre, sous les arbres, était-elle ici, dans ce parc, renversant son visage dans l'herbe, loin de la monotonie du trafic, dans les rues, du tapage de toutes ces vies qui se frôlaient uniformément sans le savoir, ou filant sur sa bicyclette, avec Tommy, Manon, en Floride ou ailleurs, elle savait seulement que c'était cela, *drifting away*, se livrer à l'extase de l'instant, entendre les battements de son cœur, s'étonner de leur accélération, contre la terre muette, soudain pétrifiée dans sa chaleur, dans ses parfums, pour cet instant d'émotion, de vitalité qui était le sien, et qui ne reviendrait plus, ni en ce monde, ni en l'autre.

«Une fille qui étudie à l'École de Musique et qui a du talent», disait la grand-mère de Michelle et de Liliane, en buvant son thé, «encore un peu de sucre, de citron, grand-maman», demandait Guislaine à sa belle-mère, la vieille dame posait sur elle ses yeux noirs, scintillants de curiosité, «elles ne sont pas ici, je vois, elles sont encore sorties», Guislaine souriait à sa belle-mère, sans la voir, elle ne pensait pas à elle, mais à Michelle qu'elle n'avait pas entendue sortir de la salle de bains, le livre inspiré de la vie de Cosima Wagner avait été oublié avec elle, parmi ses cahiers de musique, la seringue, la poudre, ces ustensiles de mort, pensait Guislaine, en baissant les yeux, «j'ai pensé faire une petite visite, comme je sortais de chez le coiffeur», disait la vieille dame dont les lèvres remuaient, «mais bien sûr, elles sont encore sorties», Guislaine observait les lèvres agitées de sa belle-mère, ses yeux noirs qui scintillaient d'une curiosité nocive, «elles ne sont pas ici, elles ne sont jamais chez elles», disait-elle, «j'ai trop d'imagination», pensait Guislaine, on en voyait mourir souvent d'une overdose, à l'urgence, mais on ne pensait jamais à sa propre fille, seulement aux autres, c'était comme les homosexuels, on en disait parfois du bien, parfois du mal, mais on ne pensait jamais à Liliane, à sa propre fille, il n'y avait aucune preuve au sujet de Liliane, seulement des doutes qui semblaient de plus en plus concrets, était-ce la faute des autres, si Guislaine avait des doutes au sujet de tout, de tous, était-ce la faute des enfants, son mari n'écrivait-il pas des articles brillants dont la qualité lui inspirait aussi ce doute, ces doutes, ce malaise, elle se demandait parfois s'il était sincère, douter de tout, c'était cela, on pouvait être sincère et arrogant, la vieille dame disait maintenant qu'elle aimait beaucoup «l'appartement ensoleillé, les plantes du salon», au fond, elle est provinciale et naïve, pensait Guislaine, pourquoi lui en vouloir, la ligne autoritaire du nez, du menton, lui rappelait son mari, les pensées de la vieille dame accouraient à ses lèvres, elle demandait en silence d'un air suppliant, «ces histoires de sexe, de drogues, pourquoi ne m'en parlez-vous pas franchement, pourquoi me laissez-vous dans cette ignorance de la vie?», mais elle semblait dire aussi, «non, je ne veux pas en savoir davantage, depuis la mort de mon mari, rien ne m'intéresse, pourquoi les vieux couples ne meurent-ils pas ensemble?» que sont devenues mes charmantes petites-filles, dans leurs jupes d'écolières, songeait aussi la vieille dame, elle les avait amenées à l'église quand leurs parents athées le permettaient encore, mais sans Dieu, on était vite entraîné sur le chemin de l'erreur, du péché, on avait bien la preuve que tout cela finissait mal, pourquoi ne l'écoutait-on pas, elles étaient les brebis égarées du Seigneur, après la messe, elle jouait aux cartes avec ses amies du voisinage, on entendait rire les petites qui s'amusaient dans la balançoire, à quatre heures, elle venait leur servir leur collation sur la pelouse, «elles sont ravissantes elles sont à vous?» «Oui, à moi», et soudain, elle n'avait plus de petites-filles et les dimanches étaient teintés du même ennui, les amies qui jouaient aux cartes, leur bavardage qui l'épuisait, et le souve-

nir de ces heures qui ne reviendraient plus, la balançoire était vide, silencieuse, ses amies buvaient de
l'orangeade dans des chaises longues, aucune enfant
ne grimpait dans les arbres, son chat gris et blanc
était une créature qui, avec l'âge, n'aimait que son
confort, ne dormait-il pas toute la journée, en été, sur
son coussin, dans la grande pièce du salon où son-
naient les heures, non la vieille dame ne comprenait
pas pourquoi ni comment elle les avait perdues, «mes
poussins, soupirait-elle, mes pauvres poussins, dans
quel monde vivons-nous». Peter avait une nouvelle
maison, pensait Anna, une nouvelle femme, l'une de
ses élèves, si jeune qu'elle ressemblait à une sœur
d'Anna, on avait donné un bracelet d'or à la petite
fille qui apprenait à marcher près de la piscine, on
avait fait graver son prénom, sur le bracelet, «Sylvie»,
ainsi, ils ne la perdraient pas, pensait Anna, Peter
avait soulevé Sylvie dans ses bras et Anna avait pensé qu'il tendait vers le ciel, dans l'air enfumé et
chaud, non seulement cette boule de chair rose qui
s'appelait Sylvie, mais l'offrande de sa virilité, car
enfin, Peter était devenu un homme, avec Sylvie, et
l'étincelle du bracelet d'or couronnait son œuvre, de
joie, de vanité, «mon amour, amour chéri de son
père», avait-il murmuré à ce souffle, ces joues de
Sylvie qu'il tenait si près de lui, avait-il pensé, en cet
instant, se demandait Anna, à la menace qui pesait
sur ces joues, ces cheveux de soie, avait-il pensé, lorsqu'il avait conçu Sylvie, comme hier, Anna, à l'armée
de nazis contemporains, les plus savants, les plus subtils de notre Histoire, pour qui cette tendre chair rose

ne serait ce soir ou demain, comme ils le disaient
eux-mêmes, dans la complète inhumanité de leurs
cerveaux que des points stratégiques dans leurs
guerres expérimentales, Peter avait-il pensé à ces
arsenals de munitions criminelles que l'on préparait
pour ces tendres cibles, nous étions à l'ère de la
comptabilité, nous apprenions à la télévision, à la
radio, que des millions devaient périr dans les dix
prochaines années, on alignait les chiffres exacts,
dans les journaux, les physiciens du monde entier se
réunissaient pour juger que nous manquions de ressources médicales, car à l'ère de la comptabilité, on
disait tout, la catastrophe était admise, non seulement
conçue, mais concevable, une collision d'intérêts
entre les puissants, et le chiffre était exact, 70 millions
à 160 millions de morts dans un seul pays, on
apprendrait cela en classe, bientôt, car il fallait tout
savoir, se préparer à l'ultime sacrifice de notre civilisation, et qu'arriverait-il, ensuite, pensait Anna, des
présidents et leurs armées survoleraient nos cratères
de sang, et de cendres, ils iraient en hélicoptères, heureux vacanciers fuyant les charniers d'os et de sang,
loin de notre agonie longue et cruelle, ils iraient dans
leurs riches demeures, avec leurs provisions, leurs
femmes, leurs arsenals de défense, d'où ils continueraient, rêvent-ils, de dominer nos volontés anéanties,
ici et là 160 millions de morts et, parmi eux, la chair
rose et tendre de Sylvie, Sylvie qui n'aurait pas même
le temps, peut-être, d'apprendre le langage des
hommes et de comprendre pourquoi elle habitait notre
terre, Anna avait reconnu Michelle qui marchait vers

elle, suivant un chemin bordé d'arbres, le long des
bâtiments universitaires, sa démarche était évasive,
disloquée, son regard semblait lointain, mais elle suivait le chemin bordé d'arbres avec une sorte d'attention appliquée, peut-être, craignait-elle de tomber,
pensait Anna, sa petite main blanche touchait parfois
un mur, plus rien, ensuite, Anna l'attendait, assise
contre un arbre, se demandant ce que Michelle voyait
ainsi, de ses prunelles aveugles, dans le ciel, ce que
Michelle espérait, attendait, si elle venait du métro
où l'on faisait des mauvaises rencontres, sa mère ne
l'eût pas laissée sortir ainsi, avec son chandail troué,
sa jupe ancienne défraîchie, ses chaussettes d'hiver,
en été, elle était si pâle, contre la ligne du ciel, mais
elle longeait le chemin bordé d'arbres avec obstina-
tion, pourquoi tout devenait-il hideusement blanc,
vide et sonore, le soleil, l'été, la transparence de la
flamme de cet été, Michelle sentait en même temps
la sueur froide contre ses os, elle venait, marchait,
comme sur un fil, pensait-elle, le tranchant d'une
lame, ses cheveux, comme la filandreuse laine de son
chandail, de ses chaussettes, tout semblait se défaire,
se désunir, dans le ciel si blanc, partout des sons
affreux, des hurlements, mais non, pensait Michelle,
on ne pouvait rien entendre, sinon le trafic de la rue,
la rumeur du métro, ils n'entendaient rien ceux qui
lisaient et se reposaient, couchés dans l'herbe, en
shorts ou en maillots de bain, tout était silencieux,
comme avant, Michelle voyait Anna, assise avec raideur, contre un arbre, elle voyait ses lèvres entrouvertes, la blancheur de ses dents, «mais viens,

qu'est-ce que tu as?» criait Anna, on l'avait appelée, Michelle vivait encore. Assise près d'Anna, Michelle sentait soudain jaillir de ses yeux des larmes qui ne coulaient pas, des larmes sèches, Anna semblait dormir, la tête renversée en arrière, le contact de ces larmes contre la peau était irritant, pénible, et nul ne les voyait, tous pensaient, elle ne pleure pas vraiment, ce sont des larmes sèches, ils lui demandaient «mais pourquoi dépéris-tu de jour en jour?» elle n'avait pas la force de leur répondre, elle préparait un récital de piano, parmi d'autres élèves, devant ses professeurs, et ces larmes cuisantes envahissaient son visage. Anna semblait dormir, même dans le sommeil on pouvait sentir ce chagrin, l'oppression de ce chagrin et la sécheresse de ces larmes qui ne coulaient pas. Mais si on pouvait quitter son corps quelques instants par jour, pensait Michelle, ce n'est pas en vain que l'on appelle cela, «faire un trip», puisque chacun se devait de revenir, sans le retour, c'était l'éblouissement d'une infinie seconde, puis l'anéantissement total, rien de tout ce qu'elle contemplait maintenant ne serait plus, aucun arbre, aucune fleur ne viendrait consoler le regard, elle n'entendrait plus le souffle d'Anna qui semblait dormir, il y a un piège constant à vivre comme eux, pensait Anna, sans espoir de réussite, sans même le désir de cette réussite, mais on peut choisir parfois de revenir dans son corps, hésiter, puis choisir la seule route familière, maintenant Michelle était de retour dans son corps, cette chose lui semblait convulsive, désemparée, mais elle disait à Anna, «écoute, c'est moi, je te l'avais bien dit que je serais de retour», Anna ouvrit les yeux, oui, le désir, la tension d'exister était revenue dans les membres de Michelle, mais elle était très lasse, elle la revit qui longeait avec application le chemin bordé d'arbres en fleurs, puis les murs des bâtiments universitaires, ces murs qui ressemblaient à des cathédrales, mais aucun air ne pénétrait les fenêtres étroites et sombres, ces édifices climatisés, feutrés de noir, «nos cathédrales d'aujourd'hui», avait dit Philippe à Anna, en lui montrant la raideur de ces lignes où rien n'était écrit, noué, dessiné, et les trous noirs des fenêtres d'où l'on ne pouvait respirer, s'abreuver d'air. La petite main blanche de Michelle errait, d'un mur à l'autre, cherchant où se poser, et Anna pensait à cette nuit de janvier où, revenant du cinéma avec Raymonde, elle avait suivi du regard la main égarée d'un enfant, c'était une petite main blanche comme la main de Michelle qui errait le long des murs gris, aux ombres gigantesques, un grand-père ivrogne ramenait chez lui son petit-fils, ou bien, on ne pouvait savoir où ils allaient ainsi, tous les deux, le grand-père ivrogne secouant le petit-fils, déjà si minuscule, si soumis et pleurnichant dans la nuit, «mets donc tes mitaines», lui criait-il, mais l'enfant pleurait tout en laissant glisser sa main nue le long des murs, les vents étaient si forts, la nuit si froide, que nul ne sortait de chez soi, mais toute la détresse du monde semblait s'être réfugiée là, pensait Anna, autour de ces deux êtres, dans l'attelage de ces deux misères, un grand-père ivrogne et son petit-fils en pleurs, par une nuit sinistre où rien, pas même une ville, ne pouvait soudain avoir une âme. Michelle était plus calme, elle avait fermé les yeux, fuyant l'éclat du soleil, sur ses paupières fragiles; Peter ne savait rien, pensait Anna, il ne savait rien de ces matins où elle s'était éveillée seule, sans lui, sans eux, dans ces lieux perdus qu'elle avait conquis, ces pointes d'îles, de mers, où il n'irait jamais, car dans ces villes, ces villages, de la Floride, du Mexique, des Caraïbes, il y avait trop de *drifters* comme Anna, sales, butés, «les débris d'un autre monde», disait-il et que faisait-elle, que devenait-elle, ces chacals qu'elle aimait, fréquentait, Tommy, Manon, leurs semblables venus d'autres continents, elle en serait un jour elle aussi la victime, ne s'entretuaient-ils pas pour un bout de pain, un peu de haschisch, ils étaient la honte de leurs parents, les touristes baissaient les yeux devant eux, Anna s'éveillait seule, sans Peter qui ne pensait jamais à elle, sinon pour s'inquiéter des frais de ses cours où elle n'irait plus, aux Ballets Russes, la route était sablonneuse, Anna regardait ses pieds écorchés par la marche, il lui semblait que l'océan en feu, le soleil, glissaient avec elle parmi les saletés, les puanteurs de ces lieux qui étaient les siens, parfois un chien beige, couleur de la route, venait se reposer des élancements de la faim, à ses pieds, les camions, les autobus, les passants les enveloppaient d'un même nuage de poussières et d'odeurs, il se dégageait du chien à la peau flasque et ridée, comme du corps d'Anna, de son jean, de sa tunique indienne en lambeaux, un brouillard de chaleur aussi intime qu'une seconde peau, évanescente, s'émiettant peu à peu dans l'air épuisé, le brouillard, le chien et Anna ne se soutenaient qu'en marchant jusqu'aux dernières lueurs du soleil couchant, ne s'arrêtant que pour dormir, dormir debout souvent, l'abrutissement venait en buvant de la bière avec Tommy et Manon, toujours au bord de la route sablonneuse, des chiens à leurs pieds, Tommy n'avait-il pas dit qu'on en avait exterminé des centaines, comme eux, au Mexique, Tommy était le plus jeune *drifter* noir errant le long des côtes, «non, mulâtre», disait-il, un bandeau souillé ceignait sa tête, c'était une tête fière qui allait quérir sa nourriture dans les détritus des hôtels, Tommy vivait comme ces chiens, les comprenait, la Marine américaine ne voulait pas de lui, non, tout cela, Peter ne l'eût pas même imaginé, dans sa complaisante réclusion, où tout n'était que douceur et confort, car il ne viendrait jamais dans ces îles de naufrage d'Anna, de Tommy, où se promenaient ces misérables, hommes ou femmes ou bêtes, qui avaient survécu à tous les abandons, toutes les cruautés, «que ferons-nous quand ils reviendront par centaines», disait Tommy en riant, «des troupeaux de chiens beiges allaient un jour surgir vers nous, dans la lumière torride», ils viendraient aux portes des hôtels, envahiraient nos jardins, nos maisons, que diraient demain ces paisibles assassins qui les exterminaient aujourd'hui, lorsqu'ils seraient assaillis, à leur tour, lorsque leur peau serait cisaillée de coups et de morsures, dans cette lutte de la mendicité où ils avaient toujours été les vainqueurs? On devait bien sentir, dans la démarche d'Anna, sous sa molle tunique inondée de sueur, qu'elle était déjà

moins humaine qu'elle ne l'avait été, en vivant parmi
eux, ces paisibles assassins à qui il ne fallait pas ressembler, elle suivait Tommy, Manon, la horde de
chiens errants, vers un autre monde, porteur de
maladies, de germes, mais ailleurs où ils ne seraient
plus, où seule l'aridité du mépris des hommes devenait votre protection, et si elle apprenait à vivre
comme Tommy et les chiens, à voler son pain en
rampant dans la poussière, peut-être ne serait-elle plus
coupable de leurs crimes, on ne pourrait plus dire
qu'elle était encore, comme eux le disaient d'eux-
mêmes, «un être sensible et bon», on se tairait enfin,
car comme devant Manon et les chiens, on n'oserait
plus exprimer sa honte, son scandale de voir ces
frères humains, jeunes, beaux, et en santé, déchoir au
rang des bêtes, quand, pensait Anna, avec colère,
c'était parmi les hommes que germaient la honte et
le scandale.

L'autobus déversait ses voyageurs près de la
mer, certains, comme Alexandre, poursuivraient leur
route, sac au dos, un graisseux chapeau rabattu sur
les yeux, d'autres, comme la femme qui venait
d'Asbestos, ses fils, Marc et Pierre, s'arrêteraient ici,
cherchant un logis, du travail, épiant la mer et le passage des jours, avec inquiétude; chacun regardait cette
immensité d'eau, parfois grise, âcre, rageuse, en cherchant la signification de son destin, et chacun ressentait combien il était démesurément seul, planté sur ce
bout de terre, avec, tout autour, une immensité d'eau
et de ciel, la femme qui venait d'Asbestos avait

déposé ses paquets à ses pieds, au loin, les jambes, les bras de ses fils qui couraient dans les vagues, s'effaçaient, comme des taches blanches sous l'éblouissement du soleil. «Il fait chaud», dit Michelle, qui avait enlevé son chandail, ses chaussettes d'hiver, se rapprochant d'Anna, touchant son pied nu, dans l'herbe, du bout des doigts, «tu as les mains froides», dit Anna, mais le chandail troué de Michelle, sa jupe ancienne défraîchie, ces objets avaient repris leur laideur et leur consistance, le visage de Michelle était très pâle, sous la masse de ses cheveux bouclés, mais Anna pensait, c'est vrai après tout qu'elle est de retour, rien, en Michelle, ne tombait soudain en morceaux, rien ne se défaisait plus, avec ces sauts secrets, ces cris dont Anna sentait jusqu'au fond d'elle-même la désolante percussion, Anna avait entendu ces mots qui lui avaient déplu, «Anna, Anna, tu sais, j'ai confiance en toi», pendant que les doigts frêles de Michelle touchaient distraitement son pied nu, Tommy ne lui avait-il pas dit que la chair des Blancs était frileuse, glacée, sans fermeté, faite pour céder, Anna retirait son pied en frissonnant de dégoût pour cette souveraineté blanche qui se croyait si séduisante, attrayante, qui n'avait d'attraits que sa confiance débonnaire en elle-même, on ne pouvait pas avoir confiance en elle, en eux, «qu'est-ce qu'il y a?» demandait Michelle, «tu es fâchée contre moi?» Anna roulait dans l'herbe, lui tournant le dos, puis immobile, regardait le ciel, les mots hésitaient à ses lèvres mais elle les entendait qui frappaient violemment la cage de son crâne, liée à l'univers, je ne suis plus liée à l'univers, ce n'était pas l'effet de la cocaïne ou de l'héroïne, ce n'était pas une sensation étrangère, mais une condamnation née de soi-même, une décision que Michelle ne pouvait pas comprendre, assimiler, elle était si jeune, il y a peu de mois, encore, elle parcourait ces allées d'arbres, de fleurs, sur ses patins roulants, sautillait au bras de sa mère, mais Anna avait su en voyant son père, Sylvie qu'il soulevait amoureusement dans ses bras, qu'il n'y avait plus de rive, aucun lien désormais entre son espèce et la sienne, déliée de l'univers, dépareillée parmi eux, pourquoi Michelle n'avait-elle pas dit, en frôlant de ses doigts la chair de son pied, «ils ont la chair veule», dévêtus, ils ne sont pas nus, mais capitonnés de leurs blanches souillures, ils n'ont pas de couleur, il ne s'exhale d'eux aucun souffle vivant, «j'ai confiance en toi seule au monde, répétait Michelle, en ma sœur Liliane aussi, mais toi, c'est différent, je ne parviens pas à te connaître», et Anna enfouissait sa tête dans l'herbe en pensant, trop tard, pas liée à l'univers, avec eux, il fallait s'en aller, si loin, ailleurs, capituler, pourtant tout était encore à sa place, dans son île, le soleil qui vous brûlait le visage, l'ombre et la fraîcheur sous les arbres, les livres dispersés autour de soi, le pâle visage de Michelle tourné vers le sien, soyeuse espérance qu'elle laissait fuir loin d'elle avec tout le reste qui s'était déjà enfui. «Tu peux venir te baigner chez nous, mais surtout n'amène pas tes amis», avait dit Peter, et Anna évoquait ce jour où son père, dînant dehors avec une amie, une maîtresse, la future mère de Sylvie, peut-être, Peter avait feint de ne pas la reconnaître, parmi d'autres; le spectacle de cette progéniture marchandant sa musique, ses roses, dans la rue, aux terrasses des cafés où venait se délasser une classe de gens respectables, avait irrité Peter, oui, il avait eu conscience de ne pas reconnaître Anna, Anna et les siens, une conscience trouble, prohibée, il savait qu'il agissait mal et pourtant il avait baissé les yeux devant elle, il avait pensé, je ne veux plus jamais la revoir, elle et sa génération opportuniste qui se répandait partout sur les vraies valeurs, les siennes, ne pas tuer, ne pas voler son prochain, gagner sa vie par des moyens honnêtes, ces principes qui étaient devenus de vraies valeurs, eux se répandaient partout comme l'huile sur le feu, immolant même leurs idoles, ils semblaient innocents, vendant des roses, chantant et dansant dans les rues, comme Anna et ses amis, mais il eût mieux valu, pour soi-même comme pour ceux qui étaient encore bons, ne les avoir jamais vus naître, Anna avait tendu vers lui son bouquet de roses, l'une d'elles avait effleuré sa joue et il avait baissé les yeux de honte, se disant qu'il eût préféré n'avoir jamais connu l'étreinte de ce jeune corps où gisaient les souvenirs d'une vie perdue, toute la mémoire de sa jeunesse avec Raymonde, il était déloyal et il le savait, pendant que ce front rigide d'Anna avançait, menaçant, vers lui, il eût aimé lui dire qu'il ne cesserait jamais de la renier, par son silence ou ses paroles, jamais il ne lui pardonnerait d'exister, et il éprouvait encore l'étreinte de ces bras autour de son cou, sous le doux soleil californien qui les avait exaltés, trompés et le contact rude du froid qui avait suivi, ses yeux étaient clos, sa bouche se taisait, il avait renié Anna, et avec elle, l'oppression de son amour, la complicité de sa tendresse morte. Mais Anna n'était plus seule, Tommy n'avait-il pas appris de ses parents adoptifs à qui il avait téléphoné à Vancouver, en leur demandant s'il ne pouvait pas revenir, qu'il n'était «qu'un *pusher, a juvenile prostitute, to stay away from them»*, et il les écouterait, ne reviendrait plus, il se tiendrait loin d'eux, de leur mépris, de l'insanité de leurs insultes, ce serait même un soulagement, disait-il, de sentir la fin de toute alliance avec eux, il ne les avait jamais aimés, il pourrait les haïr librement, maintenant, la haine, contrairement à l'amour, n'entraînait aucune servilité, aucune dépendance, Anna regardait, écoutait celui qui était doué de cette puissance de la haine, emporté par un souffle si fort et si pur qu'il avait eu le courage, lui, de rompre avec cette race qui l'avait humilié, dégradé, pendant des siècles, quand elle était liée à Peter, le serait toujours par ce lien de l'opulence, car on ne pouvait pas se séparer d'une race qui était partout la seule visible, la seule visiblement opulente, eût-on dit, on était soudain soudé à elle de façon indestructible, à chacun des battements de son cœur, ce cœur rival des autres races, et si orgueilleux qu'il n'éprouvait jamais de honte ou de repentir, «l'éternité ce sera bien long», disait Tommy, car ils seront soudain en face de nous, ceux-là, qui, le temps de leur vie, avaient fui, déserté, qui nous avaient craints, le flux du temps sera fixe, éternel, pour une éternité de vengeance, et ils ne pourront plus fuir, se cacher, ceux qui fuyaient et se cachaient aujourd'hui, non, ce sera au tour de Tommy de les regarder droit dans les yeux, en leur disant, «je vous emprisonne dans une éternité de haine, vous ne pouvez plus fuir, il est trop tard même pour vous éveiller à la tolérance, à la pitié, oui ce sera bien long, l'éternité», disait Tommy, quand nous serons tous captifs, les uns en face des autres, pour le déchaînement d'une agressivité éternelle, la dette enfin remise des victimes à leurs bourreaux, si longs, ces jours, ces nuits que nous perdrons même le goût de perpétuer nos crimes, oui, pour la première fois, nous serons las. Anna se demandait si ces pensées venaient à l'esprit de Tommy pendant qu'il happait, à l'aide d'un long bâton à crochets, la ténébreuse substance du repas qu'il partagerait avec Manon, le soir, dans les poubelles des grands hôtels, «lesquels, se posent partout, disait-il, même au flanc des villes où l'on meurt de faim», oui, à l'aube, lorsque la ville semblait encore silencieuse et propre, peut-être ces pensées bourdonnaient-elles à ses tempes, s'emparant du pain, de la viande, rejetés par la table des riches, la veille, il y avait aussi le bourdonnement de la faim, et la limpidité de l'air, de l'eau, tout près, qui accroissait sa faiblesse, son désespoir, mais plus encore, il y avait ce souffle pur et fort de sa haine qui semblait venir du large, comme pour l'emporter, et on eût dit qu'il dansait ou ricanait de bonheur, pensait Anna, quand, peut-être, ne faisait-il que penser qu'il reviendrait un jour, avec les chiens errants, dans ces mêmes lieux, pour dévorer ces hommes dont il mangeait aujourd'hui les restes du repas. C'était lorsqu'elle somnolait au bord des routes, aux côtés de Tommy et Manon, que Raymonde apparaissait à Anna, sous la forme d'un être familier qui devait être Raymonde, et auprès de qui Anna marchait, tout en luttant contre le froid et le vent, Anna, Raymonde, blotties l'une contre l'autre, toutes les deux tentaient de retrouver leur chemin dans une ville où traînait encore l'obscène présence de l'hiver et du froid, elles ne se parlaient pas, mais leurs yeux se cherchaient, et Anna se réveillait soudain en pensant à ce bras glacé de Raymonde qui avait touché le sien, sous le manteau de laine, Raymonde n'était plus là, mais la sensation du froid demeurait, Anna grelottait, pensait-elle, elle était encore transie de froid, même si la sueur jaillissait partout de sa peau rougie par le soleil. Souvent, après avoir aperçu Raymonde en rêve, Anna lui adressait vite une carte postale, de l'un de ces lieux sans gîte où elle errait, son écriture furtive, muette, s'appliquait à signer comme si elle eût été guidée par la peur, et cette sensation de froid qu'elle venait de ressentir si fortement, ce mot seulement, «Anna», rien de plus que le fantôme d'une écriture, d'un être à la dérive, mais toujours vivant, que Raymonde pourrait peut-être toucher, étreindre, de si loin, même si Anna pensait d'elle-même qu'elle ne reviendrait jamais plus dans ce monde où vivaient Raymonde et ses semblables, et ne serait jamais plus touchée et embrassée par eux.

Michelle avait senti l'imperceptible éloignement d'Anna, la soudaine tristesse qui les séparait, assise toute droite dans l'herbe, les pointes raides de ses cheveux blonds tombant sur son visage, Anna lisait, ou feignait de lire, d'étudier, sans regarder Michelle, elle pense que je ne suis pas digne de son amitié, pensait Michelle, en regardant les pointes raides de ces cheveux, il y avait dans le corps d'Anna, une agressivité étrangère au sentiment que Michelle avait d'elle-même, de son propre corps, long et mou, pensait-elle, Michelle avait besoin des autres, Anna les fuyait, n'aimant pas la gravitation de ces présences physiques qui n'étaient jamais assez discrètes, effacées, pourtant, elle écartait parfois ses cheveux de son visage pour regarder Michelle avec douceur, se demandant peut-être ce qui pouvait se passer en elle, si elle deviendrait un jour Cosima Wagner, ou personne, mais si elle ne lui posait aucune question, c'est donc qu'elle ne s'intéressait pas à son sort, pensait Michelle, on ne pouvait pas penser de Michelle qu'elle était quelqu'un, «ma pauvre loque», lui disait parfois sa mère, regrettant toujours de parler ainsi de sa fille, mais dans ses moments d'impatience, de colère, ne disait-elle pas à sa fille, «j'espère que tu ne seras pas une loque toute ta vie...» parfois elle lui disait aussi «concentre-toi sur tes examens de piano, tu sais bien que tu pourras réussir, nous sommes à tes côtés, ton père et moi», à cause de Liliane, ils lisaient des ouvrages sérieux traitant de l'homosexualité, ils ne disaient jamais que Liliane pouvait souffrir de cette maladie-là, mais ils disaient

que c'était une maladie dont on pouvait guérir, du
moins, le père de Michelle croyait cela, et l'annonçait à tous, dans ses cours, ses conférences, Paul et
Guislaine attendaient Liliane, la nuit, parfois jusqu'à
l'aube, buvant des cafés, tout en parlant de Liliane,
à voix basse, Michelle ne devait pas entendre ces
histoires et on l'envoyait au lit, «nous sommes des
parents très unis», pourtant, disaient-ils, «cela ne
devrait pas nous arriver», et ils pleuraient en se tenant
par la main, Anna, comme ses parents, devait penser
que Michelle ne serait jamais Cosima Wagner, jamais
son IQ n'attendrait 190 comme ce mathématicien
génial de 17 ans dont elle avait lu l'histoire dans les
journaux, et qui avait mis fin à ses jours aux États-
Unis, si ce garçon illustre avait ressenti de façon aussi violente que la vie n'était pas faite pour être vécue,
que deviendrait Michelle dont les talents étaient si
humbles et toujours contrariés, car l'échec était toujours là, planant sur ses jours, elle n'était pas le jeune
Egbert songeant au suicide, elle n'avait pas même la
force de contempler cet amour de la mort lié à un
adolescent, elle imaginait à peine ce magnifique cerveau se brisant, sous l'explosion d'une carabine que
son propriétaire avait volontairement manœuvrée
contre lui-même, qui sait, quel souffle, quel esprit
d'un futur Einstein s'étaient enfuis à jamais ce jour-
là, dans l'écoulement de ce sang, de cette vie, ou bien
Egbert avait pensé, je ne veux pas, non, devenir
comme eux, un futur destructeur de l'humanité, et il
avait préservé ainsi, sans le savoir, dans le secret de
sa mort, l'innocence dont il avait rêvé, pour lui-

même, comme pour nous, qui avions perdu cette innocence. Anna tournait les pages de son livre et elles accouraient vers elle, au soleil couchant, ou émergeant de la pâleur du ciel, à l'aube, les silhouettes de Tommy, Manon, peut-être Tommy avait-il vendu de son sang dans une clinique, ce matin-là où il lui avait semblé si affaibli à ses côtés, ne disant rien devant la luxuriance de la lumière sur l'eau, plus tard, lorsqu'ils dîneraient tous somptueusement, le soir, il dirait, «oui, on risque d'en vendre aux Blancs», mais il y avait des innocents de trois ans, de douze ans, parmi eux, dans les hôpitaux, on prélevait leurs reins, leurs jambes, c'étaient nos innombrables petites victimes, des victimes de notre temps devenues innombrables, car le nombre en croissait chaque année, on les avait empoisonnées avec la fumée de nos usines, on avait appauvri leur sang en leur donnant une eau corrompue par les pluies acides, Tommy dirait tout cela le soir, lorsqu'ils dîneraient tous les trois, Anna, Tommy, Manon, autour d'une table, non pas accroupis, l'air honteux, au bord de la route ou dans un ravin, comme ils le faisaient souvent; autour de cette table dignement acquise, ils mordaient sauvagement dans le pain, la viande, comme ils s'étaient lavés dans l'océan, on oubliait leurs doigts hier pleins de souillures, les lambeaux jaunes, oranges de leurs vêtements ondoyaient sur leurs membres bruns, ces lambeaux, pour la circonstance, avaient été rattachés les uns aux autres par de grosses épingles, oui, ces jours où Tommy eût consenti à perdre beaucoup de sang, dans le but d'un commerce secret, ou parce qu'il avait faim, chacun semblait agrandi par une grâce singulière, poussiéreuse qui s'insinuait en lui, Tommy disait que le ciel avait sans doute propagé sur la terre un charnier de ces jeunes morts encore en révolte contre l'humanité et ses crimes, ces jeunes morts étaient parmi eux, ils se réunissaient avec eux pour ce banquet inespéré, les touristes qui mangeaient aux tables voisines devaient bien respirer cette poussière cadavérique, puisqu'ils les regardaient avec crainte, ne disant plus, ce sont des chacals, des vidangeurs, mais des punks, rien de tout cela n'était vrai, disait Tommy, ils étaient tombés du ciel dont ils avaient emprunté les flamboyantes couleurs, au soleil couchant, et ils se retrouvaient pour une cérémonie cynique mais joyeuse, buvant du vin, mangeant parmi les vivants, mais tous les trois, Anna, Tommy, Manon, transportaient partout avec eux, cette poussière de la mort que l'on respirait de loin, disait Tommy. Anna écoutait Tommy en se demandant s'il avait raison ou s'il était délirant, il avait longtemps vécu seul de la prostitution, sur les plages du Mexique, disait-il, touchant à peine aux drogues fortes, un joint par ci par là, dans son pays, sa ville, on avait mis la police à sa recherche, savoir qu'on parlait de lui comme disparu le troublait, l'émouvait, disait-il, il parcourait les plages populaires, le dimanche, se glissant dans le mouvement heureux de la foule venue de la ville, avec ses enfants, l'épaisse sueur de ses ouvriers, en quête de l'océan, du ciel, de l'air, le ciel éclairait tout, la cité de villas blanches odieusement plantées là, et l'absence peu-

reuse de résidents devant les joies du pauvre, le ciel
éclairait tout, le bruissement des baigneurs, dans les
vagues, et cet avilissement de Tommy, que nul ne
voyait, ne remarquait, dans la foule, mais qui le couvrait d'une étrange vulnérabilité, et il se disait soudain, en pensant à lui-même, à son corps noyé d'eau
salée et de lumière, qu'il était devenu comestible, et
ses membres comestibles, que chacun pouvait dévorer pour calmer sa faim, sa soif, subissaient le choc,
l'engourdissement des vagues, trois jeunes garçons,
trois frères se bousculaient près de lui, en riant, le
plus jeune qui semblait plus faible et incapable de
partager l'exubérance de ses frères, se laissait enve-
lopper par leurs jeux, se reposant parfois sur le côté,
immobile, pendant que les autres parsemaient du
sable dans ses cheveux, lui caressaient le visage et la
nuque, ne cessant d'être vigilants ou tendres, si c'était
la brise fétide de la mort qui venait de l'océan vers
le garçon couché, immobile, les yeux grands ouverts,
déjà, dans cet infini qu'il ne pouvait pas comprendre,
pensait Tommy, la pitié de deux frères pour leur
cadet, l'empêcherait peut-être d'emporter cette jeune
vie, en apparence encore très saine, sur la peau lisse
et sombre, dans la clarté du regard, tout ce qui tenait
là, avec son besoin de vivre, près du sourire triste et
résigné du garçon qui se sentait déjà ailleurs, pourtant, mais non, pensait Tommy, le garçon était sain,
mais il était miné par l'un de ces maux dont nous
avions accablé l'air, l'eau, le ciel, chacun de ces
nuages qui passait au-dessus de sa tête, et la brise de
la mort viendrait jusqu'à lui, le détruirait, pendant que

lui, Tommy, continuerait d'éprouver l'engourdissement des vagues contre son corps vivant, devenu pour
ces autres qu'il n'aimait pas, désirable, comestible. Il
fallait ressembler à ces travestis de seize ans qui lui
servaient parfois à boire, sous une paillote solitaire,
devenir opaque comme eux, ne se voir transpercés
par aucun regard, comme s'ils eussent joué un rôle
capable de les avilir, sur une scène plutôt que dans
la vie, ne souriant pas, ne parlant de leur voix mélodieuse et basse, qu'en cas de nécessité, au client que
l'on apercevait de loin, écrivant ou lisant, souvent un
intellectuel, disait Tommy, sous son toit de paille,
entre un hôtel et une douche déserts, quand on eût
dit qu'il n'y avait personne sur cette scène abandonnée par la vie, sinon l'intensité de la chaleur, du
soleil, qui se déplaçait avec le serveur, et l'opacité de
ce corps musclé et dur, dans un pantalon noir et une
chemise pourpre, corps mobile, secret, allant vers sa
propre agitation sans tourments, avec la sensualité du
jour, sous un visage qui ne trahissait aucune émotion,
tel un masque de bois sur lequel on eût peint d'un
rouge criard, la bouche et les joues. L'existence précaire de Tommy tenait comme un souffle à la fierté
de son corps, à la raideur de ses muscles sous la peau
brune, il fallait préserver, comme chez les travestis
mexicains, l'avidité du refus qu'un étranger pourrait
lire sur ses lèvres, le temps de se soumettre, entre la
clarté du firmament et l'eau iridescente, presque à ses
pieds, dont il étreignait aussi le mouvement et la
fureur, l'eau, l'air, les vagues, toute cette fureur se
répandait dans le bouillonnement de son sang, de ses

pensées, plus ivres les unes que les autres, des *drif-*
ters comme lui, il y en avait des milliers par le
monde, mais tous ne naissaient pas chaque jour à la
liberté comme Tommy, dans les bras des autres, tous
ne transportaient pas, comme lui, partout où ils
erraient, les reflets du ciel et de l'eau, sur son corps,
pour devenir soudain une œuvre d'une agilité parfaite,
d'un mécanisme si docile et calme, qu'il ne ressentait plus rien, ni amour ni douleur, sinon un inlassable plaisir d'être en harmonie avec tout ce qui
l'entourait, hommes ou bêtes, en un lieu sans nom,
pour lui, dans une intimité qui était la sienne entre le
ciel et l'eau, ses parents Anglo-Saxons qui avaient
jadis éprouvé tant d'attendrissement en venant
s'approprier, dans un orphelinat, de cette tête aux cheveux crépus, de ce sourire qui avait sans doute évo-
qué pour eux, disait-il, quelque innocence exotique
comme on en attribue aux Noirs, sans les connaître,
ne l'eussent jamais reconnu ici, paré de cette nouvelle
liberté qui l'exaltait chaque jour, dans ces gestes
contraires à tout ce qu'il avait appris, avec eux, ils
n'étaient plus là pour inscrire en lui l'humiliation et
le rejet, dans sa promiscuité harmonieuse, silencieuse,
vivant au rythme de la mer et du ciel, selon la fan-
taisie du plaisir des hommes, Tommy n'était-il pas
un dieu d'un autre temps, l'enfant d'une autre tribu,
mais ces rêves s'atténuaient le soir, lorsque la nuit
descendait lentement sur son corps soudain refroidi
par la solitude, froissant du bout des doigts un papier
graisseux dans lequel on avait fait frire du poisson,
il ressentait encore le vertige de la faim, et le retour

de l'inquiétude qui l'avait fait fuir si loin, la nature humaine n'était-elle pas avant tout profondément vicieuse et entravée comme il l'avait toujours pressenti, même au temps où ses parents adoptifs le choyaient, dans cet attendrissement, cette mièvre pitié qui lui répugnaient, touchant, brossant chacun de ses cheveux rebelles, aplatissant en lui l'orgueil, la fierté de sa race, ces mêmes pères venaient au loin satisfaire leurs désirs, sous une hutte de paille, auprès de travestis adolescents qui portaient des boucles d'oreilles et ne parlaient pas leurs langues, non, Tommy ne pouvait plus revenir vers eux et leur inexorable hypocrisie, c'était l'heure, pourtant, où même le plus humble travailleur rejoignait les siens, précédé de son âne au bord de la route, et Tommy pensait à chacun de ces êtres sombres ou luisants de sueur qui marchait vers sa maison, son champ, quand les *drifters*, par le monde, partageaient rarement cette fraternité indistincte de la nuit, donnée à tous, parce qu'ils erraient encore, ne cessaient jamais d'errer, lamentablement, s'ils devaient survivre, ils ne devaient pas s'arrêter, pensait-il, et c'est ainsi que Manon lui apparut, un soir, marchant avec son bâton, vers un amas de déchets, au pied d'un grand hôtel, l'hôtel était d'une hideuse blancheur, mais Manon descendait vers l'océan comme un carnassier, disait Tommy, toute noire et solennelle, comme un carnassier dont elle avait l'allure, sans foyer, ils venaient du même pays, pourtant, ils s'étaient embrassés, piqués, toute la nuit, les ongles aigus de Manon, dans cette chair si lisse et si propre de Tommy, enlacés, mêlant les défaites de leurs races, car ils étaient avant tout, *drifters*, et les lambeaux noirs qui recouvraient les épaules de Manon, rattachés les uns aux autres par de grosses épingles, ses vêtements noirs, ses hautes bottes grises qu'elle avait conservées du temps où elle n'était qu'une étudiante comme les autres, seuls vestiges bourgeois, ces hautes bottes, et qui lui prêtaient encore un air impérieux dans la misère, tout cela, c'était Manon, avec l'ocre couleur de sa peau, et ses loques noires, comme un plumage de mauvaise qualité sur ses épaules graciles, Manon qui était là, disait à Tommy, «moi je te défendrai, je te protégerai», son regard défiant la nuit, il l'écoutait, tour à tour plié et vindicatif au creux de son aile de vautour, car qui sait, elle était peut-être aussi redoutable que lui, certes aussi dépouillée, puisqu'elle avait déjà mendié, ils étaient là, unis par la même impuissance, ne pas savoir survivre l'un sans l'autre, la nuit descendait lentement avec l'essor de tous ses bruits étranglés, d'insectes, d'animaux rapaces, lesquels avaient si souvent oppressé l'âme de Tommy, et soudain Manon était là qui disait, «avec moi, tu ne seras jamais seul, la nuit», ils n'osaient plus bouger, l'un près de l'autre, dans la nuit stridente, espérant l'aube, un amas de déchets périssables les attendait dans un ravin de sable et de boue, pensait Tommy, tel ce poisson frit, emballé dans un papier qu'il avait hier reniflé, léché, songeant à son destin solitaire, mais Tommy n'était plus là, si seul, Manon l'accompagnait, impérieuse et tranquille, vers le ravin. Anna les avait longuement écoutés, regardés, les bribes de leurs existences venant jusqu'à elle, dans le partage du pain, de la drogue, glissant près d'eux, dans leur orbite, de ce mouvement discret, effacé qui était celui de sa vie, sa vie qui se retirait de tout, sa vie recluse, se vidant seule de sa substance, mais comme Tommy et Manon, elle était hantée par une seule obsession, le sang, ce sang de sa vie, de leurs vies, qui s'en allaient, sans retour, goutte à goutte, et dont à leur insu, on les privait, pendant que Tommy et Manon étaient en quête de leur nourriture dans les déchets du monde, et Anna, de son âme, devenue sans élan, sans substance, au fond d'elle-même. Étrangement, pensait Anna, nous entendions dire par la télévision, les journaux, que nos gouvernants jouaient au golf, montaient à cheval, nous les voyions embrasser leurs femmes et leurs enfants, à un retour de voyage, nous savions qu'ils étaient sensibles aux migraines, comme nous, mais nous n'avions jamais vu aucun d'eux annoncer à son peuple qu'il souffrait de la maladie d'Anna, et que cette maladie était incurable car c'était une indigestion de sang, sang sec ou frais, aucun d'eux ne disait qu'il était malade à en mourir, comme Anna, qu'ils ne pouvaient plus maintenir ces torrents de sang sous l'armure d'autorité et d'arrogance de leurs gouvernements, de leurs dictatures, aucun d'eux n'avouait son indicible horreur d'éliminer une partie de la planète, par la disette et la faim, dans leurs langages on les entendait parler d'économie, d'investissement, mais aucun d'eux ne songeait aux millions d'enfants qui mouraient avant l'âge de cinq ans, car le sang noir du Sahel était sec, et pour eux désormais invisible, enfoui, dans les profondeurs de la terre, avec la malédiction noire, et ce sang déjà tari qui ne coulait pas, dans les sables du Sahel, quand donc en étaient-ils malades, comme Anna, parfois le trouble héritage de l'avenir frôlait leurs discours, mais si peu, car ces hommes ne souffraient pas de la maladie d'Anna, ils voyageaient, jouaient au golf, montaient à cheval, inventaient le funeste héritage de l'avenir, sans avenir et sans hommes, mais ils étaient avant tout des hommes d'une santé glorieuse, l'héritage de l'avenir avait déjà commencé, dans les rides de l'enfance maudite et décimée, quand, eux, nos gouvernants, seraient centenaires, et jamais ne seraient atteints, ni en montant à cheval, ni en jouant au golf, pas un seul instant, ils ne souffriraient de l'incurable maladie d'Anna, pendant qu'elle, Anna, Tommy, Manon et tous les autres, héritant de cette conscience que leurs aînés avaient mise hors de leurs préoccupations mondaines et de leurs pensées, seraient à leur place, malades à en mourir, pensait Anna, malades de cette indigestion de sang frais ou asséché, laquelle pendant ce temps garderait en vie ces gouvernants qui jouaient au golf, montaient à cheval, insouciants, légers. Cette réalité du sang laissait si peu de repos à Anna, qu'elle la retrouvait encore, la nuit, dans ses rêves; il faisait beau, c'était l'été, et Michelle était assise sur une pierre, au soleil, elle tenait à la main une partition de musique qu'elle ne semblait pas pouvoir déchiffrer, Anna s'approchait d'elle, et un torrent de sang clair jaillissait soudain de ses genoux, comme dans la vie, Michelle souriait à Anna, et ne

semblait pas remarquer que ce sang si rouge si clair,
éclaboussait le ciel de son été, elle ne remarquait rien
et souriait à Anna, sa partition de musique à la main,
quand, même dans ce rêve, Anna avait le présage que
cette écluse de sang était là, comme une promesse de
création qui ne serait pas accomplie, que la flamme
créatrice qui hésitait dans ce cœur, serait demain
meurtrie, ensanglantée, souvent Anna sortait de ce
rêve, croyant avoir crié, mais ce cri ne franchissait
pas ses lèvres, ce n'était qu'un murmure qui la
réveillait elle-même, et si elle s'était endormie aux
côtés de Raymonde qui lisait ou étudiait près de son
lit, à cette époque, parfois Raymonde se penchait vers
elle en scrutant ses traits, sous la lampe, ne disant
rien, ou cela seulement «c'est bien comme toi de t'endormir tout habillée», mais elle scrutait ses traits, un
à un, sous les lueurs de la lampe, Anna étirait vite la
couverture par-dessus sa tête, ne laissant entre les
doigts de Raymonde, qu'une poignée de cheveux
blonds dont les bouts étaient raides, elle tournait le
dos à Raymonde et à la reproduction de Boudin qui
était là, loin de tous ces saccages, de toutes ces peurs,
sur le mur, à sa place, sur ce coin de mur que Raymonde avait jadis peint en rose, pour plaire à Anna.
Même si à cette époque où Alexandre vivait à la maison, pensait Anna, l'affection de sa mère, comme
celle d'Alexandre, et de ses animaux domestiques, les
perruches, le chien qui s'appelait Sam, semblait inta-
rissable, toujours empressée et surtout dévouée et
patiente, Anna parlait sans cesse alors de partir, dans
tous ses rêves, elle se voyait déjà sur les routes et ne

pouvant plus revenir, «il faut attendre encore un peu»,
disait Alexandre, qui allait la reconduire le matin à
l'école, il lui racontait l'histoire d'Aliocha et courait
avec elle d'un trottoir à l'autre, jusqu'à la cour de
l'école où l'on vendait du pot, disait Anna, «demain,
il ne faut pas oublier de sortir le chien», disait
Alexandre, n'aimait-elle pas son chien, ses oiseaux,
Anna écoutait Alexandre, sa main blottie dans la
sienne, il lui arrivait ces jours-ci de rêver qu'elle partait très loin, puis revenait, avec son sac et ses vêtements boueux, elle était sur le seuil de la maison,
mais voyait tout ce qui se passait, à l'intérieur, par
la fenêtre, il y avait cet espace qui menait du passage
à l'entrée de la cuisine, et dans cet espace sombre,
elle voyait sa mère, Alexandre, le chien, leurs vies à
tous les trois ne se déroulaient plus avec la sienne,
et Raymonde disait de loin «je comprends tu es
venue, un instant, mais tu veux déjà repartir», et Anna
reprenait son sac de voyage qu'elle avait déposé sur
les marches de l'escalier, elle l'accrochait à son dos,
et sans dire adieu à son chien, elle s'éloignait seule
dans la nuit, une nuit qui avait l'épaisseur et la densité voraces d'une jungle, elle partait, cette fois, sans
retour, pensait-elle. Anna regardait sa bicyclette dont
les roues brillaient au soleil, l'espoir, l'évasion,
n'étaient-ils pas là, dans cet objet dont les roues semblaient translucides, dans la lumière du jour,
lesquelles, la nuit, sciaient le silence d'un froissement
aussi discret que l'apparition d'un insecte; l'espoir,
l'évasion d'Anna et même celle de Tommy surgissant d'une route nocturne, sur une bicyclette aux

reflets d'argent, volée ou acquise dans un échange avec des pushers californiens, la bicyclette métamorphosait Tommy, comme s'il eût acquis, avec elle, un nouveau sursis de vivre, la liberté du *drifter*, dans le monde concret, et l'agilité de l'oiseau, vers un monde meilleur où les hommes seraient bannis, et soudain, celui que l'on avait chassé, loqueteux et triste, aux portes des restaurants, était ce prince dont la tête touchait aux nuages du ciel, disait-il à Anna, en la saluant, dans la nuit, et sous ce ciel noir de la nuit, soudain dépourvu d'hostilités, de cruautés, comme celles que Tommy avait subies tout le jour, Tommy allait, rayonnant et libre, comme cet objet volatil qui le portait si haut, si loin, et devenu riche pour quelques heures, la bicyclette aux reflets d'argent, comme lui-même, dans sa veste de satin d'un bleu foncé, un tigre imprimé au dos de la veste, coupaient le silence de la nuit de leurs tintements de fêtes, on eût dit, pensait Anna, à voir Tommy surgir ainsi des confins d'une route nocturne, avec sa bicyclette neuve, un tigre aux griffes d'or saillant du dos de sa veste, que ce Tommy plein d'un contentement rieur, dont les dents scintillaient de blancheur, dans la nuit, ignorait soudain tout de cet autre Tommy, celui qui avait connu l'extrême abjection et dont le fantôme hantait encore l'antre puant des cours d'hôtels, avec les rats et tous ces fantômes humains ou animaux qui hantaient cette zone de survie dont on ne parlait jamais, pensait Anna. Ils s'attableraient plus tard, pour boire du champagne, Tommy et Manon, laissant Anna à ce glissement, à ce flottement silencieux qu'elle éprouvait à leurs côtés, ne lui demandant rien, parlant entre eux de l'étrangeté de cette expédition qu'ils vivaient, si secrète, si mystérieuse, et dont Anna ne saisissait toujours que des bribes, ils dormiraient cette nuit dans un lit propre, avec des draps frais, et pas sur le toit d'un autobus, disait Tommy, en arrachant de ses cheveux le turban orange souillé de toutes les saletés du jour, dont il avait oublié de se séparer, même en s'habillant de satin, pour la nuit, le turban orange de Tommy, comme son bâton à crochets, et la nourriture, étaient contenus dans le vaste sac de cuir de Manon, lequel ressemblait à un sac d'écolière, et dont elle s'attelait, nuit et jour, au service de cette Nécessité neutre et sans visage qui commandait tous leurs gestes, la démarche de Manon, sous le poids de ce sac, semblait déjà érodée, fléchie, même si elle conservait son air impérieux, pensait Anna, peut-être vivaient-ils cette vie qu'ils appelaient une expédition non pas comme une aventure à la limite du dégoût, de l'avilissement, comme ils en donnaient aux autres l'image, pensait Anna, mais comme elle-même les voyait vivre, avec une sorte de plénitude, de saveur, même si pour eux rien ne serait jamais plus savoureux, même si pour eux, rien ne l'était plus, car, c'était l'odeur du sang versé ou perdu qui dominait leurs pensées, comme les pensées d'Anna, mais le pétillement du champagne dans leurs gorges assoiffées les comblait de cette sensation d'une abondance sacrée que les autres méprisaient, pensait Anna, car ils ne savaient plus goûter, déguster, comme eux, tant ces acquisitions de la vie les avait usés, ennuyés.

L'étrangeté de leur expédition, liée à l'angoisse de la survie, qu'était-ce, au juste, pensait Anna, était-ce cette image voilée d'ombres qu'elle discernait un soir, le soir de l'arrivée des pushers californiens, quand elle buvait seule une bière à la terrasse d'un café, et que de loin, les silhouettes de Tommy, Manon, apparaissaient soudain découpées avec ampleur sur un mur de briques jaunies, ces silhouettes allant à la rencontre d'autres silhouettes qui sortaient d'une voiture ancienne, coiffées de chapeaux de feutre anciens, cet ensemble de silhouettes, élevées ou trapues, mais qui, entre elles, s'étaient reconnues, entendues, discutant, gesticulant contre un mur de brique, lequel était éclairé d'une lumière jaune par les phares de voitures, composaient, autour d'une vente de drogues, un ensemble de détails intenses qui devait s'appeler une vie, ou un moment de vie entre Tommy et Manon, pensait Anna, car pendant tout ce temps où ces ombres s'articulaient silencieusement sur le mur, l'inquiétude de la vie était là, dans ces cœurs qui battaient plus vite, dans ces regards qui guettaient, dans une sorte de transe, car chacun savait que dans ces rues principales, il y avait chaque soir des rondes de policiers, des patrouilles, disait Tommy, mais ces dangers eux-mêmes participaient à ce film ou à ce roman d'aventures que vivaient Tommy et Manon, où l'anarchie de l'imagination triomphait pour un instant des valeurs vides de la société, pensait Anna. L'étrangeté de leur expédition, était-ce aussi cette pitié qu'ils éprouvaient devant certains visages, marqués par les mêmes besoins, une femme s'efforçant de lire son journal, dans un aéroport, et dont les mains tremblaient, attirait leurs regards, car sous la transparente détérioration du visage, sous les cernes mauves des paupières, et le frémissement énervé des narines, ils reconnaissaient ce visage et cette transparence qu'ils auraient demain, lorsque d'autres verraient à travers eux, comme eux voyaient à travers cette jeune femme, comme si la peau blanchâtre de son visage, les cernes mauves de ses paupières, n'eussent été qu'une vitre sous laquelle le visage que Tommy et Manon voyaient aujourd'hui, dont les yeux étaient d'un bleu liquide, les lèvres pâles, frémissant sur une cigarette que la jeune femme ne se donnait pas le mal d'enlever de sa bouche ni d'éteindre, comme si ce visage avait déjà commencé à fondre, à disparaître, absorbé par ce néant que Tommy et Manon trompaient encore tous les jours, avec le soleil, la chaleur, et ces illuminations du hasard qui longeaient leurs vies.

Lorsque le soir tombait sur un assemblement de *drifters*, près de l'océan, Tommy, Manon, Anna, glissaient parmi eux, sur les quais, dans cette douceur crépusculaire, dissimulant si bien «sous les plis roses du ciel, disait Tommy, la présence ennemie», car les patrouilles étaient toujours là, croyait-il, prêtes à se dresser contre vous, mais dans ce frissonnement du soir et de la fraternité, les *drifters* oubliaient tout, ils partageaient leurs sandwiches avec les pélicans, étaient jongleurs ou comédiens, oubliant qu'entre le ciel et l'eau, ils étaient toujours surveillés, poursuivis, et Anna pensait à Peter, comment l'eût-il jugée dans ce défilé où elle ne tenait pas même sa place avec les autres qui regardaient le soleil couchant, l'affolement des bateaux au loin, dans les vagues, Tommy, Manon, buvaient de la vodka, attendant que les pélicans dédaigneux rejettent sur les planches du quai, les poissons de leur dîner, comment Peter eût-il jugé Anna, assise seule, loin des autres, repliant ses jambes sous ses bras et fixant le vide, car c'était cela, lui semblait-il, elle ne s'était pas lavée depuis une semaine, ne pouvait plus démêler les bouts de ses cheveux, se disant qu'il valait mieux les couper, ou ne rien faire, le vide, c'était cette ironie de savoir qu'elle était là, en quelque sorte nulle part, soudain isolée de Tommy et Manon, du ciel couchant, des jongleurs, des comédiens, et de penser que Peter, dans cette attitude d'inertie qu'elle ne pouvait plus changer, modifier, en elle-même, pouvait la voir ainsi, l'imaginer, et penser enfin, c'est bien la preuve qu'elle n'est plus liée à l'univers, Anna est enfin morte. Il y avait devant elle une autre fille qui avait quinze ans, peut-être, possédant dans le panier de sa bicyclette, un attirail indispensable pour ce voyage qu'elle avait entrepris, sur les quais, sur les routes, quand, elle, Anna, se sentait arrêtée, suspendue, voyageant à peine; dans ce panier, à part les drogues, la rare lessive des semaines précédentes était encore en train de sécher, aux côtés d'une serviette de bain qui semblait servir à tout, même de drap et de tente, car Anna avait déjà remarqué que cette fille campait souvent dans la rue, le panier contenait une boîte de céréales qu'elle venait d'ouvrir pour les manger, et Anna observait ce visage en se demandant si cet air dégénéré était le sien, et si Peter l'eût reconnue aussi, sous l'aspect de cette fille vêtue d'une robe de coton rose, qui ne portait rien en dessous, sinon la poussière des routes et une curieuse expérience de délaissement, de tout son être, qu'elle avait choisie, c'était l'ironie de savoir tout cela qui la rendait triste et inhabitée, pendant que Tommy, Manon, jouaient à se verser de la vodka dans les cheveux, disant qu'ils avaient trouvé «cette bouteille dans la caravane d'un gitan», il y avait là-bas des mangeurs de feu, que faisait Anna, assise, toute seule, quand tous ne pensaient qu'à s'amuser, Tommy, Manon, l'entraînaient avec eux vers cette douceur crépusculaire, les nuages roses, les bateaux, ne les voyait-elle pas, deux garçons déguisés en ballerines dansaient contre le ciel, ils semblaient si pâles et anémiés, sous leurs plâtreux maquillages, étirant leurs longs cous sous leurs têtes rasées, qu'on eût dit, pensait Anna, la force monstrueuse de l'océan grondant derrière eux, qu'ils allaient tituber, basculer à l'horizon, dans l'effilochement de leurs tutus, des rubans roses et bleus qui ornaient l'arcade de leur théâtre, ils semblaient danser au ralenti, dans une gravité extatique, silencieuse, qui troublait Anna, car c'était là une lenteur de mouvements qui l'accablait elle-même, lorsqu'elle pensait au voyage qu'elle eût aimé poursuivre, et que soudain, elle se sentait immobilisée et sans force, assise sur un quai, ou au bord de la route, le regard absent, le vent du soir secouait les deux piquets et le rideau

déchiré par lequel on voyait le ciel tout entier, disait
Tommy, et au-delà du ciel, les mers, les terres loin-
taines, encore vierges, peut-être, le vent du soir parcourait cette scène fragile, avec ses danseurs assoupis,
dans leurs mouvements, si lents, à lever un bras, puis
un autre, à tourner vers le ciel leurs têtes dénudées,
aux aigres sourires, qu'on pouvait se demander, pensait Anna, si la silencieuse musique qui assourdissait
lentement leurs gestes, leurs pas, n'était pas celle du
cœur qui s'arrête. Anna regardait sa bicyclette dont
les roues brillaient au soleil, *drifting, drifting away*
comme le lui avait dit Peter, en prenant Sylvie dans
ses bras, Sylvie qu'il plongeait toute nue dans la
piscine et qui avait peur, «mais je suis là», disait-il,
c'était Peter, son père, le dompteur familier des petits
enfants qui réconfortait, apaisait, elle avait connu cet
homme autrefois, mais Sylvie était trop faible pour
mordre, se révolter, toute tremblante de froid, de peur,
elle suivait la main qui la guidait, son bracelet d'or
étincelait au soleil, amour chéri de son père, disait
Peter, en se penchant pour embrasser sur le front cette
boule de chair rose, nue et sans défense qui s'appelait Sylvie, dans l'air enfumé et chaud, Peter avait sa
chemise, Anna voyait ce dos musclé au soleil, ce dos
fier, rempli d'arrogance, pensait-elle, et Peter sentait
le regard d'Anna sur son dos, elle devait le regarder
avec haine, avec mépris, pensait-il, il eût aimé se
retourner vers elle et s'écrier avec violence: «pourquoi es-tu revenue, que fais-tu, oui, que fais-tu ici,
dans ma vie», mais il ne disait rien, les petits pieds
de Sylvie jouaient dans l'eau, bien sûr, il verrait Anna

une fois tous les six mois, mais elle le dérangeait beaucoup, il sentait le regard d'Anna qui pénétrait son âme friable, muette de terreur, cette conscience maladive qu'il avait eue autrefois, de l'échec de sa vie, la devinait-elle, *drifter*, semblait-elle dire, ne te souviens-tu pas que ma mère t'a accueilli, soigné, il se tournait vers Anna qui ne semblait pas le voir, les yeux baissés vers le brasier qui s'éteignait, peut-être Anna savait-elle que pendant ce temps où il était objecteur de conscience et sans patrie, des jeunes gens, comme lui, tuaient à sa place, bombardaient des villes, des villages au napalm, tuaient, tuaient, sans remords, parfois avec exaltation, ils tuaient de près ou de loin, de leurs hélicoptères, exaltés, oui, pas seulement par la frénésie que leur procuraient le LSD ou d'autres drogues, mais par ce brouillard de sang qui montait de la terre dévastée, s'ils continuaient de tuer, c'est donc qu'ils avaient connu cette coupable exaltation, une seule fois, pensait Peter, mais non, Anna ne pensait qu'à elle-même, pourquoi eût-elle réfléchi aux événements du monde, elle ne vivait pas dans un univers d'hommes, c'était un être égoïste, vicieux, peut-être, n'avait-elle pas, dans l'égarement de ses gestes, la fixité de son regard, l'air de quelqu'un qui se drogue, il soulevait Sylvie dans ses bras, son innocente soyeuse vie, toute à lui, encore, il l'enveloppait dans sa chemise, pour la réchauffer, «il fait chaud, tu ne devrais pas avoir froid», disait-il, et Anna ne le regardait plus, il ne ressentait plus le poids de ce regard qui accusait, dénonçait, elle se dirigeait vers sa bicyclette au bout de l'allée de tilleuls, il ne voyait plus que la tache rouge de son t-shirt, elle était sur le point de descendre la côte en un seul trait, la rigidité de son profil se fermait déjà à tout élan de faiblesse, de faux amour qu'il eût aimé exprimer, elle ressemblait à sa mère, pensa-t-il rageusement, elle comprenait tout, «tu peux venir te baigner quand tu voudras», lança-t-il, dans l'air, mais Anna n'était plus là, l'odeur animale de son t-shirt l'entravait encore, ils avaient le même sang, les mêmes parfums, peut-être, mais il ne la verrait plus pendant quelque temps, et Sylvie lui tendait les bras, «je t'aime, je t'aime», disait-elle, ardemment, mais elle réclamait cette pu-rée de bananes qu'il avait oublié de préparer pour son goûter, il caressa les cheveux mouillés de l'enfant et dit avec douceur «ne crains rien, je ne t'ai pas ou-bliée». Elle, Anna, et cet objet froid, translucide, sa bicyclette, glissaient le long des bâtiments universi-taires, du chemin bordé d'arbres, et Michelle était là, déjà loin derrière Anna, se demandant pourquoi on la laissait ainsi, sans dire un mot, elle avait touché le pied nu d'Anna, dans l'herbe, lui disant «j'ai confiance en toi, en toi seule au monde, avec ma sœur Liliane, bien entendu», et soudain Anna partait, reprenait sa bicyclette, s'éloignait en silence, sous le chemin bordé d'arbres, et si loin ensuite que Michelle ne la verrait plus peut-être, pendant quelques jours, quelques mois, on ne pouvait pas prévoir avec Anna, elle n'avait rien dit, elle s'était arrêtée, un moment, pour regarder Michelle, de loin, elle lui faisait main-tenant un signe imperceptible, de la main, mais Michelle était immobile, contre le mur, ses livres sous le bras, n'osant plus bouger, se rappelant combien sa mère n'eût pas aimé la voir avec Anna, dans ce parc, cet après-midi, quand elle devait préparer ses examens, quand son père lui demandait chaque soir «est-ce que tu fais des progrès?» c'était le jour où sa grand-mère passait à la maison, au retour de chez le coiffeur, on allait encore parler d'elle, de son cas, «un cas pour la psychiatrie», disait son père, on pourrait la confier à l'un de ses collègues, et à nouveau, tout devenait hideusement blanc et sonore, sans Anna, où était-elle, pourquoi était-elle partie si brusquement, pourquoi n'avait-elle pas déjà un amant ou plusieurs, comme Anna l'avait fait si tôt, Philippe ou un autre, pas un garçon, un homme mûr, pourquoi s'entêtait-elle à être chaste, à aimer la musique, quand son père, sa mère, toujours absorbés par leurs études qu'ils prolongeraient, leurs travaux, n'écoutaient jamais un disque, quand, dans la maison, on entendait partout le silence de l'étude, et le son discordant de la voix de Guislaine accablant Liliane d'insultes parce qu'elle rentrait tard, ou ne rentrait pas du tout, Michelle était immobile contre le mur, devant cette action à accomplir, cette action béante qui était la préparation de la vie, plus que la vie elle-même, elle comprenait soudain que la vie elle-même n'avait jamais eu lieu, que tous tentaient de la modeler, de la refaire à leur image, quand il n'était pas sûr, pensait-elle, qu'elle fût vraiment sortie du néant.

Anna glissait le long des murs, des maisons, elle s'enfermerait dans sa chambre, ne sortirait plus, peut-être avec son existence recluse, muette, dont les tourments, les pensées finiraient lentement par s'effacer, dont le Mot allait se retirer d'elle, ou fallait-il vivre comme Tommy et Manon, vivre à l'affût, partout, ils guettaient, leurs yeux, leurs mains, ne connaissaient jamais un moment de repos, un tableau, à un mur, un pourboire oublié sur une table, dans un restaurant, partout où ils passaient, cette faculté d'assimiler, s'éveillait, avec la vigilance de leurs regards, l'habileté de leurs mains, et ils ne pouvaient rencontrer quelqu'un, même le plus destitué des *drifters* venus d'Arizona, à pied, pensait Anna, sans songer à le déposséder, qui sait, un bout de corde, un couteau, leur seraient encore utiles, ils ne cessaient d'évaluer, d'être à l'affût, à la merci de cette passion souterraine, rituelle et obsédante, la passion de dévorer l'autre vivant, fallait-il vivre ainsi, pensait Anna ou céder à une paix comateuse où l'autre ne serait pas mangé vivant, mais tué, de façon indirecte, dans une existence muette, recluse, faite d'inertie, où tout ce qui était humain, donc, cause de souffrances, devrait être éclipsé de la mémoire, Anna glissait le long des murs, des maisons, songeant à Michelle, à son fin visage plissé par l'angoisse, fallait-il rejeter la supplication de ce visage qu'un seul sourire, un seul mot eussent suffi à éclairer, comme disait Peter, elle ne pensait qu'à cllc-mêmc, n'avait-il pas parlé à Anna de son regard dur, de son intransigeance qui lui rappelait l'intransigeance de Raymonde, quand Sylvie, qui avait été conçue dans la même révolte, et dans la même impuissance, pourtant, était pour lui, l'amour sans rigueur, la fierté d'une progéniture qui ne se tournait pas encore contre lui-même, pour l'accuser, l'accabler. Que devenaient Tommy et Manon, sur les routes, toujours à l'affût, dans cette transe de la peur, ne craignaient-ils pas d'être pris, capturés, ne pourrissaient-ils pas dans l'une de ces prisons des villes insulaires, dont on ne sortait jamais, quel parent, quel ami les eût défendus, Anna elle-même avait perdu leurs traces, à ce détour d'une route nocturne où Tommy souriait à bicyclette, dans sa veste de satin, quand Anna avait eu le présage elle-même que cette vision de bonheur, de Tommy, peu de temps après l'arrivée des pushers californiens, cachait peut-être derrière elle, quelque trahison d'un destin qu'il n'était pas si facile de leurrer, la malchance attendait peut-être Tommy, au détour de cette même route, où il l'avait saluée, dans la nuit, criant «bonsoir, Anna», ou bien, les ongles aigus de Manon pétrissaient-ils encore la chair de son dos, pendant qu'ils se réchauffaient ensemble, sur le toit d'un autobus, ou sur une plage perdue, tout près de cette végétation embrasée, dont les reptiles leur faisaient si peur, ou glissaient-ils, vers quels destins solitaires, de cette science qu'ils avaient durement acquise, l'assimilation de tout ce qui était vivant, étaient-ils passés au crime sans même le savoir, Tommy ne parlait jamais de tuer, mais ses yeux semblaient refléter de froids calculs lorsqu'il parlait de se défendre, Anna craignait de lui demander si parfois cette nécessité de se défendre ne l'avait pas poussé à cet acte devenu systématique pour plusieurs, acte que l'on ne réprimait plus, qui découlait de soi, sans contrainte et sans remords, et qui consistait à interrompre violemment la vie d'autrui, Anna n'osait pas demander à Tommy s'il avait dû se défendre jusque-là, car elle savait déjà qu'il était prêt à le faire, ce geste, s'il ne l'avait pas déjà fait, mourir, tôt ou tard, tuer ou être tué, les froids calculs que reflétaient ses yeux, semblaient dire à sa place ce qu'il n'osait pas avouer, il faut savoir se défendre jusqu'à la mort, la sienne, ou celle des autres, l'acte de tuer découlait de soi spontanément, rien n'était plus naturel, on tuait comme on respirait, comme on vivait.

Anna glissait le long du chemin bordé d'arbres, Peter ne la voyait plus, il avait pris Sylvie dans ses bras, caressait doucement son front, ses cheveux, songeant à ces jeunes gens de sa génération qui, de près ou de loin, avaient tué, qu'eût-il pensé, lui, Peter, si, par une si belle journée, on l'eût forcé à subir cette invasion sanguinaire, ici, autour de sa maison, en ce lieu où il était si paisible avec sa fille, ces tourmenteurs d'innocences venaient du ciel, dans leurs hélicoptères, coupant les maisons, abattant des écoliers, pendant qu'ils couraient, qu'eût-il pensé de voir soudain l'incorruptible vie, la sienne, celle de Sylvie, tachée de sang, ils avaient eu, ces soldats, une vue d'ensemble des villages, des hameaux qu'ils allaient brûler, ils avaient observé tous les détails d'un œil fourbe, calculateur, ils avaient perçu le ralentissement de l'écolier qui tombait, le cri d'une vieille femme sous son toit incendié, mais dans leur ivresse, ils avaient continué leur massacre, riant et bavardant entre eux, et c'est bien dans ce monde que Sylvie vivrait demain, pensait Peter, sous ce ciel armé de toutes les colères, de toutes les vengeances, au ciel bleu, éthéré, qui semblait guider les premiers pas de Sylvie, aujourd'hui, que dirait Peter demain lorsqu'on viendrait lui arracher ce qui était pour lui, en cet instant, son bonheur, sa raison de vivre, car il ne rêvait pas, ces tourmenteurs d'innocence étaient toujours libres, on ne les voyait pas, mais ils étaient là, partout, fauchant des vies, abattant des écoliers pendant qu'ils couraient, brûlant des villages, des hameaux, ces mêmes soldats reviendraient sous d'autres visages, ils étaient là, on ne parlait pas de les mettre à l'écart, dans des prisons, car ce n'étaient que des hommes comme tous les autres, menant loin de leurs crimes, de ternes existences, auprès de leurs femmes, de leurs enfants. Anna glissait le long des murs, des maisons, quand, pendant ce temps, pensait-elle, l'inlassable silhouette de Tommy rôdait, tournoyait, au-dessus d'une scène encore fumante de déchets, à l'aube, au soleil couchant, dans le silence des villes endormies, des plages désertes, mais le monde, la liberté n'appartenaient-ils pas à Tommy, comme au fourmillement d'ombres qui vivaient avec lui, dans la zone, plus qu'à Peter qui en avait oublié les sinistres réalités, accrochant au poignet de Sylvie le bracelet d'or qui la tiendrait demain captive de ses illusions, de sa conquête du monde, par le haut, quand, dans ce monde lui-même, pensait Anna, le glas de la terreur avait sonné, quand les pièces de cette charpente qu'était l'univers de Peter, ce monde du dessus sur lequel Sylvie faisait ses premiers pas, étaient rongées en dessous par la faim de carnassiers tels que Tommy, Manon et leurs semblables, qui, eux, venaient conquérir le monde et ses splendeurs, par en bas, avides et consciencieux, dans la destruction de cette charpente, comme ils l'étaient lorsqu'ils en rongeaient les pièces, les répulsifs fragments, pour leur survie quotidienne, avant l'écroulement de cette charpente, tout cela, Peter, Peter le savait-il, pensait Anna, pendant qu'il disait à Anna, «voici ma nouvelle petite fille, ma nouvelle maison, ma nouvelle piscine», savait-il qu'aucune frontière ne séparait plus désormais celui qui avait faim de celui qui sera dévoré, que ces chacals, qu'il imaginait lointains, étaient proches, si proches que ce qu'il craignait le plus, autour d'Anna, n'était-ce pas qu'elle fût de cette race qui pourrait un jour menacer de les détruire, lui, Sylvie et toute la fragilité de son bonheur? Il le savait, oui, pensait Anna, puisqu'il s'écriait déjà, «je ne veux pas vous voir ici, dans ma maison, dans ma piscine, auprès de ma femme, de mon enfant», déjà, il avait peur, pensait Anna, et il tentait de préserver l'intégrité de son monde en repoussant Anna, ignorant que ce monde était déjà effrité sous le choc de toutes ces dents souterraines qui le minaient, quant à sa liberté, Peter ne l'avait-il pas corrompue entre sa spacieuse maison aux portes doublement verrouillées et le tapis de verdure artificielle qui le menait à sa piscine, «les malfaiteurs», étaient partout, disait-il, ils vous attendaient, la nuit, dans les ascenseurs, vous dépouillaient de votre argent, en plein soleil, comme dans le métro, et Anna écoutait ce tremblement de la peur, dans la voix de son père, cette inflexion qui semblait dire, «il y a beaucoup de malfaiteurs et tu es parmi eux», il avait trahi la liberté de l'opprimé, du fugitif, qu'il était hier, il dénonçait cette liberté, avec ce sentiment de dégoût, de recul, qu'il éprouvait lorsqu'il voyait Anna, dans cette inflexion de sa voix qui semblait lui dire, «tu es parmi eux et je te méprise, comme je te crains». Dans cet autre monde de la Zone, dont Tommy, Manon, se disputaient encore les ruines, la liberté du *drifter* n'était-elle pas sa dernière tentative d'enracinement à l'aventure humaine, pensait Anna, Tommy, Manon, glissaient, innommables, vers les profondeurs d'une aventure qu'eux seuls pouvaient tolérer, car si abjecte que fût cette aventure, n'était-elle pas liée à l'assouvissement des besoins de leurs corps, ils glissaient, innommables, mais il eût fallu dire, en parlant d'eux, pensait Anna, qu'ils étaient les vivisecteurs de l'humanité dont ils soulevaient jusqu'à nous les entrailles, mais dans ce mouvement d'une descente glacée jusqu'à nos viscères, ne plongeaient-ils pas en même temps vers ces milliers d'autres que l'on ne nommait plus, ces existences dont le pouls était si faible que nous ne l'entendions plus, car nous ne tenions pas à entendre, à voir, ce qui se passait si loin de nous, si près de notre regard, pourtant, dans cette zone où ils contemplaient avec pitié, de près, une déchéance, une misère que nous n'osions pas même regarder de loin.

La liberté de *drifter*, pensait Anna, c'était aussi

l'émotion de l'errance, loin du pays étranger, de la maison étrangère, à l'aube, au soleil couchant, Tommy, Manon, émergeaient de l'humus des villes comme pour en renaître l'un près de l'autre, dans leurs haillons, eux, si colorés, si bariolés, ne ressemblaient-ils pas à ces fiers Indiens qui priaient dans les églises, Tommy et Manon ne priaient pas, eux, produits eux aussi d'une civilisation violente, disaient-ils, ils redressaient par leurs actes de révolte, l'humble incantation des pauvres venus de la montagne, ils ne priaient pas, ils eussent aimé massacrer la création de ce Dieu absent, coupable de tous les crimes, mais dans l'effondrement des beautés de l'univers, sous la main de l'homme, comme les Indiens, ils éprouvaient cette nostalgie d'un monde perdu, lequel ne serait plus gouverné par les lois pures du sang, de la tradition, ils n'étaient plus, comme eux, que ces parcelles humaines, dans l'air, menacées de disparaître demain, ils étaient, eux aussi, les derniers débris d'un monde, mais loin des églises, Tommy et Manon cédaient à l'inertie coutumière du soleil de l'après-midi, soudain sans force dans la lumière torride, ils ne savaient plus, comme Anna, si cette sensation qu'ils avaient connue, dans la fraîcheur de ces lieux où ils se reposaient, cette sensation si envoûtante de leur vitalité, de leur révolte, était encore réelle, rien ne semblait plus les soutenir, sinon cette espérance, errer plus loin encore, surprendre la vie plutôt que la servilité de la prière, leurs pieds traînaient sur l'asphalte chaud, pendant qu'ils longeaient, sans souffle, ces murs bas, peints d'un jaune cru, ou

lavés d'un bleu très pâle, parfois, derrière lesquels
des vies muettes étaient suspendues, inertes, comme
ils l'étaient eux-mêmes, le bruit isolé d'une cuillère
tombant au fond d'un bol, ou le grincement d'une
roue de voiture s'arrêtant devant un magasin où l'on
vendait des cercueils d'enfants, l'apparition par un
grillage de fer, d'une livide tête de vieillard à qui, un
barbier, vêtu d'une blouse blanche, coupait les
cheveux, toutes ces scènes leur semblaient chargées
du même anéantissement, de la même torpeur inor-
ganique, on eût dit, soudain, pensaient-ils, que tout
ce qu'ils touchaient, transportaient dans le sac de
Manon, pour leur subsistance, comme tout ce qu'ils
regardaient autour d'eux, s'imprégnait d'une même
matière périssable, condamnée à pourrir. Anna avait
quitté Peter, elle descendait la côte, sans se retourner
vers lui qui tenait toujours Sylvie dans ses bras, elle
ne le reverrait plus, peut-être, il rafraîchissait le front,
le cou de Sylvie d'une poignée d'eau, de la piscine,
mais son regard continuait de fixer le t-shirt rouge
d'Anna qu'il voyait de dos, au loin, que deviendrait-
elle, où allait-elle ainsi, ils avaient été heureux, en
Californie, quand elle était très petite; des gouttelettes
d'eau perlaient au front de Sylvie, sur ses joues
rondes, Anna descendait la côte si vite, il ne la voyait
déjà plus, «c'est l'heure de manger un peu», dit-il à
Sylvie, tout en déposant dans l'herbe, avec soin, ce
fardeau si doux, subjugué et paisible, Anna s'éloignait songeant à ses pieds qui traînaient sur l'asphalte
chaud, aux pieds de Tommy, Manon, des pieds si
souvent nus, rougis ou blessés, ils s'arrêtaient parfois

la nuit, au bord d'une piscine délaissée par les touristes, ils eussent aimé mollement s'abandonner au
sommeil, dans la fraîcheur, mais ils guettaient encore,
les nerfs tendus sous la peau, attendant l'aube, le jour
et ses harassements sous une forte lumière, une
hirondelle, venue seule ou dans le tourbillon de ses
sœurs, filait sous leurs yeux, volant de si près qu'elle
semblait frôler la paroi fragile des paupières, avant
d'aller s'abreuver à la piscine, Tommy, qui paraissait
somnoler dans un fauteuil de paille, sursautait en
riant, touché par cette innocence de la nature, peut-
être, pensait Anna, qui venait le narguer, ou se
moquer tendrement de lui, dans son sommeil. La
main de Tommy s'ouvrait dans l'air, comme pour
atteindre l'hirondelle, et avec elle, la vision d'une
liberté fugace dont elle était le symbole, cette main
était encombrante mais gracieuse, pensait Anna,
Tommy n'avait-il pas subi, la veille, une fêlure de la
main gauche, lorsqu'ils avaient voulu sauter par-
dessus le mur d'une villa, on y voyait de l'autre côté
resplendir des orangers dans la lumière du soir,
Manon avait étiré les doigts de Tommy, sur des bouts
de bois, Tommy avait serré les dents sans se plaindre, pendant que Manon ficelait sa main dans un pan-
sement qui ressemblait à un mouchoir sale, lui disant
que, dans quelques jours, il serait guéri, en voyant
plus tard cette main de Tommy qui s'ouvrait dans
l'air pour suivre le vol d'un oiseau, Anna avait pensé à cet échange de caresses, de tendre sollicitude
entre Tommy et Manon, dont elle était retranchée,
mais qui, de loin la protégeait de cette hostilité qu'elle

éprouvait contre elle-même, n'était-ce pas, cette nuit-
là, dans le tourbillon des hirondelles que Tommy
avait soudain parlé de ce temps où il avait vécu seul,
parcourant ces poudreux chemins nocturnes, sur la
piste d'inconnus dont il voulait percer le destin,
parfois, un jeune ouvrier rentrant chez son père, après
une longue absence, et à qui le vieux père, à moitié
endormi ou ivre, hésitait à ouvrir la porte, toujours
debout sur le trottoir, le fils attendait humblement, les
yeux baissés vers son baluchon, pendant que son père
le contemplait, derrière les volets, qui était cet étranger, d'où sortait-il, le fils répétait «c'est moi papa»,
mais le père ne semblait pas l'entendre, le père ac-
cueillait enfin son fils en maugréant, et Tommy pensait, ce brave garçon perd sa vie dans le travail, son
père l'a déjà vendu comme un esclave, nul ne
condamne ici l'esclavage des enfants élevant de nouvelles pyramides pour les riches, quand ce même garçon pourrait connaître la liberté du *drifter*, une liberté
ingrate mais sans compromissions, et le cœur de
Tommy se serrait à la pensée du jeune esclave cour-
bant l'échine, toute la journée, devant ces maîtres qui
maniaient avec tant d'impuretés, de mercantilisme, la
noblesse de sa race, la candeur de ses espérances,
hantées par ces possessions matérielles qu'il ne pourrait jamais atteindre, il eût mieux valu, pour lui, pensait Tommy, qu'il ne fût qu'un *drifter*, un chien
errant, mais le chien errant, le *drifter* n'éveillait dans
l'âme du pauvre que sa haineuse colère, le *drifter*,
comme le chien errant, disait Tommy, pouvait mourir déchiqueté sous les roues d'une camionnette, d'un

car de touristes avançant dans la nuit, les vacanciers qui ne sortaient de leurs hôtels que le soir, doux et parfumés, dans ces rues, qui, tout le jour, avaient eu des relents d'humaine dégénérescence, ne ressentaient plus rien, comme leur odorat anesthésié, insensible à leurs propres parfums, devant la douleur des bêtes ou celle des *drifters*, se jetant, les uns comme les autres éblouis, aveuglés par l'éclat des phares, contre les voitures, les camionnettes, dans cet état de fébrilité inconsciente qui était, pour les *drifters*, la stupeur de la drogue, et pour le chien errant, l'épuisement de la faim, ces hommes, ces femmes civilisés qui ne sortaient que le soir ne ressentaient plus rien devant le spectacle de tous ces maux, ils avaient eu, hier, des élans de bonté, de pitié envers ces animaux, ces enfants qui incarnaient partout la permanence de la misère, mais soudain, ils ne ressentaient plus rien, ils avaient volontairement suspendu leur sensibilité à la douleur, et l'âme, le cœur anesthésiés, ils s'étonnaient de ne plus rien ressentir, lorsque la camionnette qui fonçait dans la nuit, pour les ramener à leur hôtel, écrasait sous ses roues, un chien, un *drifter*, on envoyait le *drifter* à l'hôpital, quand, sur le chien errant, disait Tommy, on ne faisait que passer, lacérant chacun de ces muscles, de ces os, le cœur et l'âme de ceux qui participaient à ces crimes, sans les commettre, étaient volontairement muets de terreur, car chacun devait-il se sentir responsable de tout ce qui se passait autour de soi, la camionnette fonçait dans la nuit, sur le chien errant on ne faisait que passer, et Tommy qu'on avait oublié, délaissé au bord

de la route, et qui tremblait soudain de tous ses membres, car on eût dit que déjà l'usure de son corps ne
le portait plus, qu'il allait mourir dans cette hébétude,
le regard tourné vers ceux qui ne le voyaient pas, ses
bras mollement agités dans l'air, Tommy pensait, ce
chien qu'on écrase, c'est moi, on lacérait ses muscles, ses os, on le torturait avec lenteur, avec application, «*juvenile prostitute, runaway children*», la
voix de ses parents adoptifs couvrait ses propres cris,
toute l'angoisse qu'il incarnait à cet instant, dans sa
sauvagerie, le supplice de l'animalité sans défense,
qui était le sien, cette angoisse, il en entendait le hur-
lement dans la nuit, pendant que sa force, ce corps
qu'il ne maîtrisait plus, et à qui on avait arraché la
peau, les fibres, lui semblait-il, glissait dans un trou
fangeux, Tommy frottait dans le sable son front mu-
tilé de cris, ces rumeurs de démence s'enfonçaient
avec lui, dans la fange, l'endormaient à la fin, mais
ce temps était lointain, Manon ne quittait plus Tommy, la main de Tommy s'ouvrait dans l'air, comme
pour atteindre l'hirondelle, la veille, ils avaient vu
resplendir des orangers dans la lumière du soir, et
Anna regardait Tommy, Manon, en se demandant
combien de fois encore on les tuerait, tous les trois,
ils rêvaient peut-être, ils ne seraient jamais libres, sur
les routes ou en prison mais jamais ils ne seraient libres de tous ces crimes qu'ils avaient fuis, et soudain, ils étaient ensemble, attendaient le jour, et la
délivrance, pensait Anna, oui, c'était cela, la délivrance de cette vie qui s'exténuait en eux, dans leurs
corps si jeunes.

Michelle marchait le long des rues, ses livres sous le bras, au loin, Anna avait disparu, on ne voyait plus que la tache rouge de son t-shirt, les roues de sa bicyclette ne scintillaient plus au soleil, à nouveau tout devenait hideusement blanc et sonore, les gens vous bousculaient au passage, on ne savait pas qui ils étaient sinon qu'ils remuaient autour de vous, dans un immense fracas, contre cette surface blanche qui devait être le ciel, parmi eux tous, Anna venait de disparaître, sa tête blonde flottant au-dessus de la foule anonyme, elle était si haute, si fière, sur sa bicyclette, à la hauteur des arbres, peut-être, de près, on eût entendu son souffle, presque rien dans la brise de l'été, pensait Michelle, c'était Anna, elle seule à qui Michelle venait de dire «j'ai confiance en toi», en touchant son pied nu, dans l'herbe, même si Anna, répugnant aux confidences, peut-être, ne l'avait pas écoutée, si Michelle rentrait à la maison, à cette heure-ci, au fond du mal que ressentait Michelle, où était la maison, il n'y avait que cette blancheur d'un ciel hostile sur ses pas noirs qui allaient seuls, mais les mots revenaient pour l'étreindre misérablement, «tu as une maison, un père, une mère, tu le sais bien, pourquoi feins-tu de l'oublier?» si Michelle rentrait à la maison, sa grand-mère viendrait l'embrasser en disant «mon poussin, tu sais bien que nous ne voulons pas te perdre», sa mère dirait «pourquoi lui parlez-vous quand elle est dans cet état?» ou rien de tout cela ne serait vrai, sa grand-mère, odorante de sa visite chez le coiffeur, sa grand-mère qu'il était désormais interdit d'aimer, comme eux tous, lui dirait «à la messe, dimanche, j'ai prié pour toi», sa mère lui dirait «je veux te parler seule, allons dîner au restaurant, toi et moi», et soudain, les yeux de sa mère seraient pleins de larmes, des larmes authentiques, redoutables, qu'il faudrait subir, les larmes du courage, de la bonne volonté de Guislaine, sa mère, sa mère aimable, sensuelle que Michelle couvrait encore de baisers et de caresses, même si son père lui rappelait sans cesse qu'elle était trop grande, désormais pour «un tel débordement d'affection», Michelle et sa mère dîneraient dehors, «tu peux me parler, maintenant, nous sommes seules, toi et moi», lui dirait sa mère, et Michelle ne dirait rien, éparse sous ses cheveux, dans son chandail, avec ses chaussettes d'hiver, en été, ils dîneraient dehors, le ciel serait encore chaud et pesant, son père viendrait pour le dessert, le café, Guislaine cesserait de pleurer, on ne verrait plus ces larmes au bord de ses cils, «tu sais, dirait Michelle à sa mère, j'en pleure, moi aussi, des larmes, mais ce sont des larmes sèches», et son père dirait avec le détachement de la fatigue, «il faut raconter tout cela au psychiatre qui te soigne, ta mère et moi, nous avons déjà bien assez de soucis à ton sujet», un père, le sien, en apparence, si détaché, ce grand jeune homme au front sérieux, papa, «je pleurais en rêve des larmes sèches qui n'arrêtaient pas de couler», il dirait avec une soudaine indulgence, «mon petit, cesse de te tourmenter, d'autres sont là pour t'aider», ces mots, ces phrases qui la hantaient, ce qu'ils disaient, ce qu'ils ne disaient pas, pourquoi la harcelaient-ils, sous le martèlement de ces voix, elle pliait en deux,

en marchant, pensait-elle, elle pourrait passer quelques heures dans la chambre d'un ami étudiant, toujours des voyous dans cette chambre et qui
regardaient la télévision toute la journée en fumant
du hasch, Michelle n'appartenait à aucun groupe, le
mot «gang» lui inspirait de l'aversion, lorsqu'ils
avaient dévalisé un appartement ensemble, elle s'était
enfuie, terrorisée, quelqu'un s'était blessé, ce sang
partout, sur les meubles, le tapis, ce n'était pas ainsi
que Guislaine et Paul avaient élevé leurs filles, le parfum de sa grand-mère, le jour de sa visite chez le
coiffeur, la suavité implorante de ce parfum, «reste
avec nous, Michelle, ne pars pas, elle ira mieux après
ses examens», disait son père, et pourtant, elle ne leur
avait pas téléphoné, lorsqu'elle avait eu peur à trois
heures du matin, au poste de police, c'est auprès de
Raymonde, d'Anna, qu'elle avait trouvé refuge, Raymonde qui n'était pas sa mère mais la mère d'Anna,
depuis cet événement, cette nuit de terreur, Guislaine
retenait ces larmes douloureuses au bord de ses cils,
«j'ai tout fait pour vous deux, toi et Liliane, j'ai
même interrompu mes études autrefois, et vous ne
m'aimez pas, je ne peux pas détester Raymonde, c'est
ma meilleure amie, mais il faut comprendre mes
sentiments, Michelle, je suis jalouse, il faut bien te
l'avouer et j'ai honte», Michelle regardait sa mère,
éprise d'elle soudain, de sa franchise, «tu sais, j'aime
manger au restaurant seule avec toi», elle remarquait,
pour la première fois, une ride au front de sa mère,
une ride visible soudain sous les beaux cheveux noirs,
abondants, comme les siens, mais d'une texture plus

riche, plus voluptueuse que les siens, pensait-elle, ils le disaient eux-mêmes, «on ne pouvait pas être aussi brouillon que Michelle», aussi inachevée, disaient-ils aussi, son père n'avait-il pas dit ou écrit que la génération de Michelle «était une génération perdue», on reconnaissait cet égarement dans la distraction de son regard, dans la texture de ses cheveux dont les boucles retombaient sans vigueur, sur les joues, cela, elle l'avait remarqué en passant devant la vitrine d'un magasin, et cette ride, sur le front de Guislaine, c'est elle, Michelle, qui en était la cause, «c'est moi qui ai fait cela», voulait-elle dire à Guislaine, mais elle ne disait rien, regardait sa mère avec des élans d'amour confus, désespérés, se disant qu'elle ne l'aimerait jamais assez, jamais assez confortablement comme elle aimait Raymonde, Alexandre, Anna et Liliane qu'elle aimait avec vénération, Liliane n'incarnait-elle pas un bonheur de vivre que Michelle ne connaîtrait jamais, en ce monde, dont elle n'aurait qu'une vision, à travers Liliane, elle ne pouvait rien leur avouer, n'étaient-ils pas envieux, jaloux, seule Guislaine avait l'audace de confesser son vice passionné, la jalousie, «oui, je suis jalouse, je le sais, tais-toi, je ne veux pas te l'entendre dire», criait-elle, souvent à Liliane, «tu es grande, tu es belle, et tu te moques de tout, surtout de toute morale, comme si c'était cela, vivre, je suis jalouse de ta paresse, de ton insouciance, je n'ai jamais eu le temps de me reposer, moi, avec ton père, avec vous deux, jamais, pourquoi ne serais-je pas jalouse, attristée, stérile, vous me rendez tous stérile, malade de stérilité, la plupart

des gens sont atrocement jaloux des autres, mais ils
ne l'admettent pas comme moi», «mais voyons,
maman, tu as réussi ta vie, tu es médecin, et maintenant tu pourras continuer tes recherches, que veux-tu
de plus?» «ne plus vous entendre, taisez-vous», et
soudain cette ride, sur le front, ce front qui avait
pensé aux besoins de tous, de chacun, et qu'une ride
assombrissait, ombrageait, la mère de Michelle ne
pouvait pas vieillir si tôt, si vite, et ces élans d'amour
confus, désespérés, la pliaient en deux, pendant
qu'elle marchait, Guislaine, ma mère, je n'aurai que
Guislaine et un jour je ne l'aurai plus, ils dîneraient
dehors, il seraient enivrés par la nuit d'été, la ville,
ils auraient la force de sourire de leurs malheurs en
buvant du vin, heureusement, Michelle avait recommencé à manger un peu, elle ne souffrait plus d'ina-
nition, comme «au temps de sa crise du Biafra»,
disaient-ils, sans respect pour sa douleur, on l'avait
guérie de cela, de cette tendance à mourir dans la
chair des autres, en classe, on lui avait dit de ne plus
revenir, elle était trop maigre, Michelle aurait la force
de sourire de ses malheurs et son père dirait «que
pourrait bien penser Jung des rêves de notre petite
fille, qu'il y a là beaucoup de nuages, dans cette
pensée, de brouillard, qu'en penses-tu toi-même
Michelle, il est temps d'apprendre à rire un peu de
toi-même, comme nous avons tous appris à le faire»,
ou bien il dirait lui si maternel, parfois, comme une
femme, «si samedi, nous t'achetons une nouvelle
paire de bottes, un nouveau jean, est-ce que cela ne
te ferait pas plaisir?» et Guislaine dirait, «Paul, tu sais

bien que Michelle n'aime pas les vêtements, ce n'est pas Liliane qui ne pense qu'à vous séduire, c'est Michelle, elle est si étrange, elle ne ressent rien comme les autres et puis, elle est si douée pour la musique, c'est nous qui ne la comprenons pas, nous devrions simplement nous dire qu'elle est unique, qu'on ne peut la comparer à personne d'autre...», ce serait une nuit d'été, chaude et agréable, Michelle serait seule avec sa mère, si la nuit était étoilée, le lendemain, il ferait encore beau, et Michelle dirait à sa mère, «cette ride, à ton front, je sais que j'en suis la cause», ou elle ne dirait rien, et elles seraient comme deux amies, Raymonde, Anna, comme deux amies, silencieuses et proches, malgré le grouillement d'une débâcle, sous leurs pieds, pensait Michelle. Michelle n'était plus pliée en deux, elle marchait comme tout le monde, pensait-elle, ses doigts étaient très pâles, très blancs dans la lumière, des doigts effilés, elle écrirait peut-être de la musique un jour, mais on ne pouvait pas savoir, à l'observer, de face ou de dos, qui elle était, Raymonde avait cousu un bouton à son chandail, le jour où ils avaient été pris, dans une voiture volée, sans appartenir à ces «gangs» de filles insolentes, sauvages, sans manières, comment tombait-elle toujours dans leurs pièges, à cause d'Anna peut-être qui semblait céder à toutes, pour de l'acide et qui ne cédait à personne, dans la froideur de son esprit, pensait Michelle, Raymonde avait cousu un bouton à son chandail et le bouton de métal luisait au soleil, Raymonde ne lui avait-elle pas dit qu'elle était trop fragile pour l'Institut Correctionnel, qu'elle ne pourrait pas y survivre, «méfie-toi de ces filles qui sont plus dures que toi», avait-elle dit, en présence d'Anna, et Anna, elle, n'avait rien dit, elle portait une chemise kaki, largement ouverte sur ses seins plats, Michelle se demandait si Anna était dure aussi, qui était-elle, et soudain, elle le savait, la tête blonde d'Anna qui filait à la hauteur des arbres, Anna à bicyclette sur l'air, le feu de ce jour d'été, Anna suivait sa propre ascension solitaire, vers quel lieu, quel but, n'était-elle pas plus mystique que les autres, moins matérialiste, Michelle eût aimé la poursuivre dans cette vie recluse où elle espérait se cacher, connaître Anna et la froideur de son esprit, cet esprit qui avait renoncé à tout déjà, pour se figer en une seule vision du monde, sombre et définitive.

Anna glissait le long des murs, des maisons, elle avait chaud, elle était vivante, Sylvie n'était encore qu'un balbutiant cerveau entre les mains de Peter, ce dompteur familier des petits enfants, Sylvie, Sylvie, comme Anna, autrefois, mais lorsqu'il voyagerait, et installerait Sylvie à ses côtés, dans sa voiture feutrée et molle, en hiver, quand, autrefois, en un été sans fin, brûlant et sec, il avait traîné Anna sur les routes de Los Angeles, dans un panier attaché à son vélo-moteur, le débridement du ciel, des routes, l'odeur de l'essence qui vous empoisonnait les poumons, et partout, l'eau et le ciel, brisant les paupières comme une ligne de feu, toute cette ivresse était la possession d'Anna, d'elle seule bondissant comme une balle, dans son panier, un lapin en peluche sautillait avec elle, de droite à gauche, si menus, de la même taille, le lapin et Anna, *drifting away*, avec Peter, le géant de cet univers où tout échappait, s'enfuyait, pour ne plus jamais revenir, la nudité des paysages comme leur foisonnement, l'incandescence de ces paysages qu'ils avaient vus ensemble tournoyant dans l'âme d'Anna comme hier, ces visions galopantes dans l'œil de Peter qui avait pris de l'acide, «tu n'as pas honte», s'écriait Raymonde, en lui arrachant Anna, le lapin, ces animaux d'un singulier carnage frémissant en silence dans les bras de Raymonde, s'accrochant à elle, suppliant mais ne demandant rien, petite tête chaude d'Anna, toute nue sous ce soleil, les oreilles du lapin encore fraîches, il avait plu peut-être, ce jour-là, il y avait eu cette certitude dans le cœur d'Anna, je te connais Peter, tu ne nous aimes pas, ma mère et moi, on eût dit, pourtant, de l'extérieur sous les bras tendus vers Raymonde et le lapin mouillé de larmes, on eût dit que ce n'était que Sylvie, le cerveau balbutiant, mais elle préexistait déjà, cette certitude, dans le cœur d'Anna, dans le cœur de Raymonde, Peter, si doux, si pacifique, Peter, l'objecteur de conscience, Peter, le *drifter*, le malade et le tendre, était féroce, cruel, il avait failli tuer sa petite fille, sur son vélomoteur, mais ce n'était pas sa faute, non, ce n'était pas sa faute, disait Raymonde, le lapin, Anna, Peter, Raymonde, tous assis calmement sous le ciel rouge, ils allaient s'endormir ainsi près d'un feu, et oublier le voyage, c'était une nuit délicieuse, Anna et Peter jouaient dans les vagues, s'embrassaient, se pardonnaient, à cet âge, on est si petit, oui, elle s'était endormie contre l'épaule de Peter, les poils de sa barbe touchaient son front. En hiver, Peter promènerait Sylvie dans sa voiture, sans bruit, dans le silence hivernal, se pelotonnant dans son manteau de fourrure, il y aurait là une forme appelée Sylvie, un visage, des yeux inquiets, et Peter dirait «amour amour chéri de son père, mon amour», et les yeux s'ouvriraient très grands, limpides et bleus comme les yeux de Peter, aucun mouvement, aucun bruit, ce serait l'hiver, et les visions d'autrefois seraient dissipées au loin, s'affolant seules dans la mémoire d'Anna, dans sa conscience, courant, galopant seule, comme les visions de Peter, autrefois, quand il traînait Anna sur les routes, le monde et ses guerres, le monde et ses barbaries se renversant dans son œil, pendant qu'il criait *drifting drifting away*, et qu'il semblait triompher de tout, même de la peur d'Anna, bondissant comme une balle dans son panier, même de l'amour de Raymonde qu'il allait battre souvent, frapper sur la tête, il casserait un jour une chaise sur son dos, lui disant ensuite à genoux, en sanglotant, «tu le sais bien, on frappe toujours les innocents», à genoux devant Raymonde entre l'océan et le ciel, Raymonde qu'il allait battre encore, humilier, pendant que se dressait contre lui ce petit front rigide d'Anna, qui, elle ne pardonnerait pas, n'effacerait jamais l'injure, Anna qui avait vu Peter, dans son nouveau jardin, sa nouvelle maison, près de Sylvie, qui l'avait vu pour la dernière fois, peut-être. Anna glissait le long des murs, des maisons, les roues de sa bicyclette scintillaient au soleil, son front, ses cheveux étaient inondés de sueur, un vêtement maculé de sueur, sur une chaise, dans un espace vide, c'était là la dernière image de Philippe, toute une vie en si peu de mois, aux côtés de Philippe, et plus rien soudain, que cet espace vide, et le souvenir d'un vêtement maculé de sueur, c'était peu de temps avant son retour vers Raymonde, Alexandre, son chien, ses oiseaux, peu de temps avant ce qu'ils croyaient être, un retour, une heureuse conclusion d'une si mauvaise affaire, n'avaient-ils pas raison, Philippe, assis sur cette chaise, contre le mur blanc de son bureau, cherchant encore une zone vierge à son bras, pour se piquer, «égoïstement, disait-il pour une seconde d'oubli, de vertige, des hommes, comme moi, et qui, en apparence mènent une vie normale, acceptent qu'on vous fouille, qu'on vous viole, aux frontières...» elle entendait cette voix qui venait de si loin, songeant qu'elle avait dressé son corps au silence, son anus se métamorphosant en un lieu de recel, mystérieux et affligé, ils vous violaient du regard, oui, mais elle avait dressé son corps au silence de la torture, elle ne plierait pas, devant personne, il ne restait soudain de Philippe qu'un vêtement maculé de sueur, sur une chaise, et le souvenir d'une promenade dans Paris, où il lui avait dit, en la soulevant dans ses bras, «petite enfant, pourquoi m'as-tu suivi, retourne chez ta mère, je me sens vieux comme la vieille Europe, il ne faut pas donner ton âme vivante aux âmes mortes, tu verras, dans la vie, cela existe, des hommes morts et des âmes mortes, ne sois pas leur proie», et elle l'avait détesté de parler ainsi, ne connaissait-il pas, lui, plus

que les autres, la profondeur de son solennel défi, il
ne l'aimait donc, pas plus, pas moins, que ces autres
délinquants qui venaient dormir, manger, chez lui,
tous, ils avaient fermé leur porte quand Philippe disait
«venez chez moi», et il rêvait pour eux tous, d'une
ville future dont il avait dessiné les plans, mais Anna,
sa petite Anna, ce front buté, comme Raymonde, avec
le même désintéressement, la même foi tenace, ne
l'avait-il pas aimée, chérie, et elle était si insolente,
si butée, ne pensait qu'à son plaisir, ce plaisir qui
était le même lorsqu'elle glissait le long des murs,
des maisons, la brise d'été rafraîchissant son cou, ses
cheveux, ce plaisir qui était son propre plaisir d'exister, loin d'eux tous, sans attachement, et auprès de
Raymonde, comme auprès de Philippe, c'étaient
encore ces doux liens d'affection, d'amour, et leur
emprise tenace, persévérante, vivre près d'eux, do-
mestiquée, confiante, n'était-ce pas ce qu'ils exigeaient malgré tout, non, ils n'exigeaient rien, ne
disaient pas même «rentre et sors quand tu veux», ils
n'osaient plus dire ce qu'ils ressentaient dans leur
amour ou leur tristesse, car Anna les avait écartés,
Philippe n'avait-il pas promis de couper son usage
des drogues si Anna vivait près de lui, prématurément
vieux, disait-il, il avait trouvé sa jeunesse en Anna,
son illumination, c'est en pensant à elle qu'il dessinait les plans d'une cité future, à elle, à eux tous,
errant parmi les errants, il pressentait qu'un jour ils
auraient besoin d'abri, de chaleur, «toi et tes amis,
Anna, vous ne serez pas toujours sur les routes, il
faudra cesser de vous éloigner de nous, de vous punir,

tous les errants de la terre sont comme toi, ils connaissent le même exil», ce n'était pas que l'héroïne qui le rendait si compréhensif, pendant qu'il caressait les cheveux d'Anna, c'était cette illumination dont il lui parlait souvent, l'amour, d'autres l'eussent accusé de détourner les mineures, mais Anna avait une maturité aiguë, elle possédait la plénitude de sa conscience, elle avouait elle-même la justesse de sa pensée, dès les premiers jours de sa vie, dès cet instant où elle avait commencé à lutter contre Peter, dans la défense de ses droits, des droits de Raymonde, mais avait-elle eu raison de pressentir tout cela, Peter n'était peut-être qu'un père comme tant d'autres, de sa génération, Raymonde lui avait appris plus tard à le respecter, son père avait été un objecteur de conscience, il n'avait pas tué, son père était un artiste subissant la solitude, l'exaspération de son destin, rien ne lui prouvait que Peter fût vraiment un homme méchant, autrefois, lorsqu'il n'était qu'un *drifter*, ne lui avait-il pas ressemblé dans sa façon de vivre, n'avait-il pas vécu jadis, comme elle vivait aujourd'hui, qui sait, s'il n'avait pas peiné, souffert comme elle souffrait elle-même, entouré du même silence, «tu devrais écrire à ta mère, Anna, lui dire que tu vis avec moi, as-tu pensé à son inquiétude?» et le front buté d'Anna se levait vers Philippe, un jour, elle écrirait à Raymonde, «c'est moi, Anna, je suis en vie, un homme me protège», ce serait la première victoire de Philippe, l'homme dont elle eût à subir l'autorité, la surveillance, elle le quitterait, où était Philippe, maintenant, que devenait son amour pour Anna pendant qu'elle glissait le long des murs, des maisons, savait-il, pensait Anna, qu'elle n'avait vécu à ses côtés que pour son plaisir, sous son toit, il faisait moins froid que dans la rue, dans son lit, elle était au chaud, étrange qu'il fût sans jugement devant cette cupidité enfantine, toujours souriant, ses mains fines sur sa table de travail et la chaise de bois sur laquelle il était peut-être assis seul, désormais, sa seringue à la main, songeant à ses parents morts dans de funèbres sacrifices, quand, lui, Philippe, était toujours là, Philippe dont Anna ne comprenait pas l'exil forcené, l'errance maudite, n'était-il pas en apparence un homme méticuleux, travailleur, son seul souci perceptible à l'âme d'Anna, à son âme cupide, pensait-elle ce souci qu'elle s'était approprié, pour elle-même, c'était qu'il ne vivait que pour les autres, même dans sa conception d'une vie future, il pensait à cet espace, cette liberté de mouvements dont Anna et les siens pourraient avoir besoin, demain, Anna, elle aussi songerait à une vie simple, élémentaire, liée au confort de la vie moderne, c'est ainsi qu'elle s'était séparée de Philippe, volontairement, levant vers lui son front buté, un homme qui serait désormais délaissé comme elle l'avait vu, pour la dernière fois, assis sur cette chaise, s'épongeant le front avec un vêtement déjà maculé de sueur, elle avait aimé sa présence, sa culture, sa sensualité qui avait éveillé la sienne, et dans sa cupidité elle avait pensé, Philippe et tout ce qu'il est, tout ce qu'il possède, c'est ma transfusion de vie, de sang, c'est ainsi qu'ils agissent, eux, après tout, ils prennent tout ce que nous sommes, mais qui sait,

si avec Philippe elle ne se trompait pas, Anna était
forte, Philippe n'avait pas senti la démence d'une
autorité cachée devant laquelle Peter avait exprimé
tant de peur, comme Peter, elle pouvait blesser, infli-
ger le mal, elle avait aimé la peau noire de Tommy,
elle aimait Philippe parce qu'il était de ces êtres marqués, cicatrisés qui ne semblent plus avoir de peau,
que l'écoulement du sang à vif, sous l'endurcissement
de l'âme et des os du visage, elle le regardait travail-
ler des heures entières, se demandant comment pensait, réfléchissait un être comme lui, il aimait, lui,
quand elle n'aimait pas, il disait «il faut changer le
monde, pour toi», quand elle était inerte et refusait
toute transformation, n'était-elle pas avant tout coupable d'une inertie monstrueuse dont elle ne parlait
à personne, il était créateur quand elle méprisait l'art,
afin de confondre son identité à celle des autres,
même au banquet de la beauté, elle refusait de se
joindre, disait sa mère, Philippe ne pensait qu'à elle,
sans défense elle mangeait à sa table, critiquant tout,
comme les autres délinquants, piétinant ses secrets,
sa vie, son royaume intérieur, et cette cupidité, la
cupidité d'Anna qu'il aimait, semblait lui plaire, «tu
vois bien que tu aimes la vie, disait-il, quel acharnement, quelle volonté tu mets à ta façon, dans tous tes
gestes, quelle fureur!» Anna glissait le long des murs,
des maisons, les traits de Philippe se séparant d'Anna,
n'était-elle pas coupable de les avoir blessés, transfi-
gurés, elle vivrait enfermée dans sa chambre, n'en
sortirait que lorsqu'elle aurait saisi la signification de
cette si pénible existence, il ne fallait pas faire

qu'exister, disait Philippe, ce qu'ils méritaient tous, c'était de vivre mieux, sans tous ces poisons de l'air et du temps, vivre mieux, pensait Anna, la brise de l'été caressait son front, ses cheveux, les gouttes de sueur, à ses tempes, vivre, pensait Anna et Michelle s'arrêtait, ses livres sous le bras, devant la cour d'un collège de garçons où il n'y avait personne, à part un jeune chien qui jouait avec son maître, «j'essaie de lui apprendre quelque chose pendant qu'il est encore temps», dit l'homme à Michelle, «mais il ne m'écoute pas», le chien et son maître couraient joyeusement, un chat qui les épiait, dans un arbre, semblait vouloir sauter dans la cour, mais il hésitait, observait le jeune chien puis l'homme, avec condescendance, parfois, un léger mouvement de recul, «je lui apprends à obéir, répétait l'homme, mais il ne m'écoute jamais», appuyée contre une clôture de fer, Michelle regardait l'homme, le jeune chien et le chat, dans l'arbre, tous accouraient à ses sens dans le tourbillon de l'été, c'était comme ce fin duvet clair, sur ses bras, ses jambes, que le soleil éclairait, même si depuis qu'elle avait quitté Anna, sous le plein soleil, la lumière déclinait lentement, mais à peine, «il n'a que quelques mois», disait l'homme à Michelle, ému par la petite bête qui frétillait de joie, près de lui, «il ne pourra jamais apprendre à m'apporter le journal dans sa gueule, comme on voit, dans les films», «non, il ne pourra jamais apprendre», dit Michelle, cela la réconfortait que cet inconnu se mît à lui parler, encore quelques rues, et Michelle serait chez elle, elle passait par ici, en automne, en hiver, la cour du collège souvent déserte l'invitait à se reposer, mais en automne, en hiver un amas de feuilles mortes, givrées, sous la pluie ou la neige, l'attirait comme un lit, il eût fallu dormir là, se pétrifier dans les larmes de la terre, avec le gel et le froid, ne plus se relever, et on l'eût oubliée, sans tristesse, sans nostalgie, peut-être, chacun n'avait-il pas besoin de ce repos scellé avec la terre, ce sol si froid, à l'origine de tout, devait bien l'attendre, elle aussi, un peu de vent et une rafale de fleurs tomberait de l'arbre, pensait Michelle, le chat penchait lourdement sur sa branche, épiant l'homme, le chien qui avaient recommencé à courir sans s'occuper de Michelle, de ses pensées, sous ses cheveux épars, mais le tourbillon de l'été était toujours là, l'air chaud rampant partout, sous le chandail de Michelle, à sa nuque, un soir de novembre, Liliane était venue la chercher ici, elle s'était endormie sur ce lit de feuillages glacés, «maman te cherche partout, viens», avait dit Liliane, en aidant sa sœur à se relever, elle l'avait prise dans ses bras, comme pour la porter, pensait Michelle, peut-être l'avait-elle portée tout en lui disant à l'oreille «je sais toujours que tu peux être ici, depuis que tu as ramassé un vieux que tu as amené dormir à la maison, c'était gentil, tu sais, mais maman ne peut pas prendre tous les vieux de la rue qui vivent comme des clochards, tu ne voudrais pas qu'on te trouve gelée pour toujours, oui, gelée pour vrai, je ne te comprends pas d'aimer venir te blottir dans ces coins gris et sales où il fait si froid», il lui semblait désormais que Liliane pourrait la retrouver partout, si cela lui arrivait encore de ne plus pouvoir se réveiller, ou de s'endormir «gelée», dans cette cour de collège où personne ne venait la nuit, mais chacun était doré par le soleil, l'humidité glaciale ne reviendrait plus peut-être, entre ces murs, non, ici, aujourd'hui, elle n'eût pas songé à venir s'étendre près du mur, même pour poser son visage contre le ciment chaud de la cour, écoutant le bourdonnement fou de son cœur, dans ses tempes, se disant, s'il bat encore un autre coup, ma tête, mes oreilles vont exploser, en été, Liliane l'eût amenée boire une orangeade au coin de la rue, lui demandant de l'attendre pendant qu'elle finissait une partie de tennis, en hiver, elle lui eût préparé un bouillon brûlant, un bain, elle l'eût frottée des pieds à la tête, comme lorsqu'elle était petite, lui disant «quand tu n'étais pas encore au monde, moi je t'attendais et te désirais plus que tous les autres, et maman était très jalouse de mon amour pour toi», elle lui eût permis de dormir près d'elle, tout en lui tenant la main dans l'obscurité, quand Michelle avait froid elle s'étendait sur elle, pour la réchauffer, lui disant encore, joue contre joue, «je ne veux pas que cela t'arrive à toi, non, de mourir «gelée» comme une perdrix tuée par un chasseur, dans les bois», comme le flot de larmes sèches ne coulait plus, Michelle pensait en s'endormant, je pense que je m'endors avec satisfaction, demain matin, je pense que j'aurai oublié ce qui m'attire dans la cour du collège, il y avait une paix, un vide, sous l'odeur des feuilles pourrissantes, les vieux vagabonds eux-mêmes aimaient mourir là, quelques blocs de maisons et Michelle serait chez elle, chez soi, chez eux, mais un lieu sûr, elle serait là, on ne pourrait pas encore dire d'elle qu'elle était absente, qu'on ne savait pas encore où elle était, elle embrasserait sa grand-mère, jouerait du piano pour elle, non, elle ne jouerait pas, devant sa grand-mère, elle avait souvent une sensation de paralysie dans la main gauche, «c'est dans ton imagination», disait Paul, cette sensation l'anéantissait, l'écœurait, elle dînerait seule avec sa mère, peut-être, une fois, par semaine, elles dînaient ensemble, dehors, Michelle marchait encore, ses livres sous le bras, elle avait frôlé de son coude un garcon d'une vingtaine d'années qui promenait une voiture de bébé, on ne voyait pas l'enfant qui semblait enfoui sous des bulles de soie, au fond de son berceau ambulant, mais le garçon était vêtu d'un maillot de bain rouge comme le t-shirt d'Anna, et il portait une casquette de marin, Michelle l'avait frôlé de son coude, en passant et le garçon sifflait maintenant derrière elle, elle ne le voyait plus, ne l'entendait plus, mais l'air était encore embué de la couleur rouge, violente, qui évoquait Anna, sa course élancée à bicyclette, le long des arbres, soudain Michelle était là, ses mains qui tremblaient encore remuaient les clés de la maison, son père, sa grand-mère qui parlaient au salon, ne l'avaient pas vue rentrer, Guislaine avait peut-être été retardée à l'hôpital, à cause d'une complication inattendue, ou bien, elle avait oublié Michelle, Paul essayait de convaincre sa mère au sujet de sa visite chez le dentiste, «bien sûr, maman, je sais bien qu'on t'enlèvera plusieurs dents, mais ce ne sera qu'une

anesthésie locale, ensuite tu pourras venir te reposer
ici, quelques jours», «et si je ne me réveillais plus?»
demandait la vieille dame, Paul essayait de persuader
sa mère et le ton de sa voix irritait Michelle, il était
patient, honorablement patient comme s'il eût parlé
à Liliane de ses problèmes sexuels, et à Michelle de
la cocaïne, des dangers de la vie qui les menaçaient,
une complication dans cette machine délicate, toujours prête à se rompre, chacun de ces fertiles battements de cœur enfantant la même mort, le même
terme, si Guislaine était encore retardée à cause d'une
complication, Michelle devait attendre, en si peu de
temps, Liliane eût déjà ouvert le frigidaire, elle qui
avait toujours faim, dispersé autour d'elle les cendres
de ses cigarettes, où était Liliane, «une vraie chatte
en chaleur, disait Guislaine, toujours amoureuse
d'une amie... n'a-t-elle pas essayé de séduire sa gar-
dienne quand elle n'avait que douze ans?», où était
Liliane, peut-être ne viendrait-elle pas, on la voyait
si peu, parfois, on entendait la voix de Paul, ses pas,
il devait encercler sa mère de ses conseils, de sa protection, «il n'y a rien à craindre, maman, disait-il, tu
viendras te reposer ensuite ici quelques jours, nous
prendrons soin de toi», «mais je ne veux pas, disait
la vieille dame, je n'aime pas déranger les gens», «tu
sais bien que j'ai autre chose à faire que de discuter
avec toi sans fin de cette question, mon article n'est
pas terminé», «tu as eu ton doctorat, disait la vieille
dame, pourquoi dois-tu encore écrire, écrire, toujours
écrire?» Michelle écoutait le concerto de Beethoven
qu'elle pouvait chanter par cœur, mais eux n'enten-

draient rien, pensait-elle, le concerto de Beethoven n'était là, allègre et doux, que pour elle seule, comme la chute du jour, dans la cour du collège, l'homme et le chien jouant dans un théâtre d'ombres, «je ne veux pas, disait la vieille dame, que les petites me voient sans mes dents nouvelles, tu sais que cela arrive, Paul, à mon âge, de ne plus pouvoir se réveiller», Michelle enlevait son chandail, s'allongeait sur son lit, «il me semble avoir entendu du bruit», disaient-ils, «il faut arroser ces pauvres plantes», la grand-mère de Michelle marchait au salon, arrosait les plantes, sous l'allégresse du concerto de Beethoven, le cœur de Michelle battait follement, d'un mouvement irrégulier, il battait dans son crâne, pensait-elle, sous ses cheveux, elle était couverte de cette enveloppe électrique, le cœur qui bat, qui bat partout, et Liliane n'était pas là, il y avait une bouteille de gin sous son lit, Liliane n'en buvait jamais mais elle aimait contrarier son père, Michelle avait soif et peur, «je n'ai jamais aimé l'idée d'endormir quelqu'un pour lui faire mal», disait la grand-mère de Michelle, «au contraire, tu te sentiras mieux après», disait Paul, il deviendrait impatient bientôt, mais il tentait encore de se maîtriser, après tout, sa mère était une personne âgée, et veuve maintenant, elle devenait acariâtre, à son retour de vacances, elle s'était plainte de la chaleur trop intense, «de ces vieux si désagréables et bruyants», disait-elle, Paul n'avait pas le temps de s'occuper de toutes ces femmes, dans la maison, Guislaine, sa mère, Liliane, Michelle, chaque homme a aussi sa vie, le souci de sa carrière, les

femmes, aujourd'hui, avec toutes ces idées de domi-
nation qui les tourmentent, n'ont pas même le sens
de l'humour, pensait-il, elles ne savent plus comprendre, aimer les hommes comme jadis, la vieille dame
arrosait les plantes en se plaignant du coût de la vie,
«et ces enfants ingrats qui coûtaient si cher à leurs
parents», le gin vivifiait Michelle qui s'était levée et
marchait maintenant dans la chambre de sa mère, ce
coin où personne ne venait, Michelle se demandait si
sa mère avait le temps de dormir, tôt le matin, ne
faisait-elle pas sa correspondance secrète, n'écrivait-
elle pas son journal, Michelle n'avait pas le droit
d'être là, dans cet espace qui n'était pas le sien, elle
était là, s'insinuant dans ce lieu avec indélicatesse,
l'estomac baigné d'un alcool qu'elle ne digérait pas,
un jour, ils iraient tous vivre à la campagne, oui, un
jour, on laisserait derrière soi cette vie expirante des
villes, et là-bas, «on apporterait tous les livres qu'on
n'avait pas eu le temps de lire, pendant l'année»,
disait Guislaine, ce serait l'aube d'une nouvelle vie,
pensait Michelle, la genèse, un autre temps, la genèse, ce mot inaccessible lui plaisait, mais elle avait
déjà trop bu de cette chose infecte, les filles de Guislaine ne devaient pas boire, se droguer, rien, Guislaine avait prévu de sortir avec Michelle, le soir,
puisque ses affaires étaient prêtes, ses élégantes
chaussures de cuir, et le sac d'un cuir jumeau, le cœur
de Michelle battait follement, Guislaine ne reprochait-
elle pas à Raymonde son insouciance vestimentaire,
«elle finira par ressembler à ses délinquants», disait-
elle, ses chaussures, son sac de cuir, son parfum, ces

objets et leur vie charnelle, paisible, attendaient Guislaine, se dissimulaient à sa place, dans la chambre,
interdit de venir ici, et le cœur de Michelle battait
follement, ses jambes étaient flageolantes de faiblesse, c'était cela le déchaînement de l'ivresse dont
ils parlaient tous, un flot d'images, de sensations foudroyait ses nerfs, je suis malade, pensait-elle, je vais
vomir, et tout le monde le saurait, s'approcherait
d'elle pour la toucher, elle était engluée dans le mal
de son corps comme un papillon dans une toile
d'araignée, le papillon, le tissu de la toile, calcinés
par le soleil, elle ne bougeait plus, attendait un
secours qui ne viendrait pas, Liliane, Liliane, les
chaussures délicates, le sac de cuir, oui, elles sortaient
ensemble avec plaisir, elles sortiraient ensemble le
soir, mais son père, sa grand-mère étaient près d'elle,
lui demandant ce qui se passait, il était interdit de
venir ici, dans la pièce de Guislaine, ne le savait-elle
pas, pourquoi avait-elle l'air apeuré de quelqu'un qui
va mourir, ils la traînaient vers la salle de bains,
demandaient pourquoi pourquoi, elle ne pouvait rien
leur dire, «mon poussin», disait sa grand-mère, en la
serrant dans ses bras, et Michelle pensait, cela s'appelle de la pitié, de la pitié dégradante, pourquoi doi-
vent-ils me faire subir cela, mais eux étaient là, posant
des questions, cherchant à comprendre, l'entourant de
leur sollicitude, en même temps que de leurs soup-
çons, «Michelle, pourquoi ne nous parles-tu pas?»
son père s'apprêtait à lui laver le visage, ils étaient
si près l'un de l'autre, soudain, que Michelle sentait
l'haleine de son père sur ses joues, son regard,

humide et tendre, comme le sien, se perdait en elle, dans la limpidité de ses prunelles, il y avait ce rapport animal entre ce père prétentieux et Michelle qui ne connaissait d'elle-même que le vertige de l'échec, s'il n'était pas prétentieux, il n'avait jamais tort, il ne buvait pas, ne fumait pas, et il n'avait jamais tort, pourquoi ne suis-je pas dans la rue, pensait-elle, ce rapport entre lui et moi est intolérable, pourquoi ne suis-je pas dans la rue, fabriquant mes cigarettes de pot, avec des copains indifférents à tout, si indifférents qu'ils regardent fixement devant eux, sans rien voir, on les rencontrait partout, hagards, indifférents, assis sur les bancs des parcs ou le long des marches d'un escalier, s'étirant là, comme au bord du vide, comme si leurs jambes, leurs bras, eussent somnolé loin d'eux-mêmes, comme à l'écart de leur conscience de vivre, on était bien, pensait Michelle, grisée par cette somnolence du vide, elle devait soutenir le regard humide et tendre de son père, son père qui savait parler de tout, échauffé par ses certitudes et le son de sa propre voix grave, sa voix d'éducateur, de pédagogue, comme s'il eût perpétuellement donné un cours, sa grand-mère lui brossait les cheveux, avec familiarité, car ils étaient familiers et qui sait, cette familiarité sans âme était peut-être leur forme d'amour, «je vais téléphoner au docteur», disait Paul, et Michelle pensait, je les hais, je les hais, et je leur permets de me toucher, soudain Liliane apparut, s'écriant «mais laissez Michelle tranquille, vous lui faites sans cesse de la peine», auprès de Liliane elle serait bientôt libérée de leurs sournoises caresses,

Liliane disait «je vais la laver, moi, je l'aime, et vous ne l'aimez pas», «lesbienne, dit son père, rageusement, ne touche pas à notre fille», mais il n'avait rien dit, aucun murmure, aucun son n'émanait de ses lèvres, son regard, toujours humide et tendre, contemplait ses filles comme s'il eût contemplé un désastre, mais il ne prononçait aucune parole, Liliane coulait le bain de Michelle, elle participait à un groupe écologique avec des amies, disait-elle, si elles ne pensaient pas à sauver la planète, qui le ferait à leur place, la conversation se poursuivait entre Paul et sa mère, Michelle sentait le tressaillement de son cœur, dans sa poitrine, si le hasch coûtait 75 dollars l'once, comment pouvaient-ils s'en procurer, «de nos jours, ils se mettent à plusieurs pour se procurer tout ce qu'ils veulent», disait Paul, et le son de sa voix était malheureux et sombre, «elles tournent mal, et je suis bien désolée», disait la vieille dame, on ne pouvait pas vivre sans convictions religieuses, de là découlait tout le reste, Paul expliquait à sa mère que Michelle avait surtout besoin de soins, on ne parlait jamais de Liliane, Liliane était l'interdit de la sensualité, l'anomalie de la joie triomphant partout, à douze ans, elle mesurait déjà six pieds, aujourd'hui, elle semblait vouloir vous anéantir avec les idées, les mots, ces mots ironiques qui le blessaient, mais Michelle était plus vulnérable, avec des soins attentifs elle guérirait, tous ces nœuds d'une stérile angoisse qui le séparaient d'elle, son enfant, son apparence physique était parfois si lamentable qu'il en était dégoûté, «personne ne voudra laver tes vêtements, Michelle, ils tombent

en morceaux, comme toi», ils vont me mettre au
rebut, pensait-elle, Liliane disait en la baignant, «si
tu as fait un mauvais voyage, ils ne doivent rien en
savoir», les paroles de Liliane sortaient peu à peu
Michelle de sa somnolence, de sa solitude, elle n'était
plus couchée, comme en hiver, respirant avec peine
sur un tas de feuilles, parmi des clochards et des pauvres raides de froid, qui lui demandaient «mais que
fais-tu ici, parmi nous, destitués et mourants?» elle
savait pourtant que sa place était parmi eux, même
s'ils en doutaient, «un jour, tu pourras faire de la musique toute la journée, disait Liliane, et moi, j'ensei-
gnerai», le regard de Michelle était flou, lointain,
«rentre au nid», disaient-ils, et pourtant, qui sait, sur
ce tas de feuilles gelées ils allaient céder, un jour,
mourir, sans une plainte assourdie, dans ce froid où
tout cassait, pliait, sans parents, sans amis, «tu peux
mettre mes jeans de velours, on va retrousser les
bords, de quoi as-tu peur, tu vois bien que je suis là,
près de toi», et Guislaine avait arrêté sa voiture sous
les arbres, l'air climatisé de la voiture, contre l'air
brûlant du dehors, la rafraîchissait un instant, même
si son écharpe de soie collait à son cou, elle pourrait
bien donner cette écharpe à Michelle, après tout,
Michelle aimait tout ce que portait sa mère, ce serait
encore pour dormir dessus, dans les parcs, comme
une vagabonde, été comme hiver, une vagabonde, ou
Michelle vendrait l'écharpe pour un peu de dope,
mais non, rien de tout cela n'était réel, cette fumée
des villes, en été, le ciel couvert de mazout, l'état
général du patient semblait stable, il eût été plus hon-

nête de prévenir Paul qu'elle ne voulait pas rentrer à
la maison avant cinq heures, aucune complication
inattendue, si l'état demeurait stable, oui, mais serait-
il condamné dans six mois, un an, cette fumée des
villes qui détruisait la santé des enfants, lentement,
affaiblissant lentement les esprits, les corps, elle mettrait encore un peu d'argent de côté et ils partiraient,
ils auraient enfin le temps de lire, quant à son journal,
elle l'ouvrait puis le refermait aussitôt, dans l'incohérence de sa fatigue, il fallait attendre si longtemps,
pensait Guislaine, avant de savoir comment acquérir,
pour soi-même, l'élémentaire droit de vivre selon ses
propres désirs et non plus ceux des autres, une
écharpe de soie au cou crasseux de Michelle, non à
quoi bon céder à ces sentiments généreux, ils en abu-
sent toujours, Michelle n'aurait pas l'écharpe, Michelle ne devait rien recevoir, pas même l'argent
qu'elle réclamait sans cesse pour ses cours de musique, ses livres, quant aux cigarettes, elle leur défen-
drait à tous de fumer en sa présence, elle avait ouvert
un livre sur ses genoux, elle ne comprenait rien à ce
tissu de mots sobres et muets, mais Paul ne lui avait-
il pas dit de lire cet excellent ouvrage, même au temps
où ils étaient étudiants, elle n'aimait pas les ouvrages
philosophiques dont il lui imposait la lecture, quelle
morne agressivité dans ces pages, pensait-elle, ce
qu'elle attendait ici, dans sa voiture dont l'air était
climatisé, quand, au dehors, c'était pour chacun l'été
brûlant et sec, n'était-ce pas la fin de sa captivité
auprès d'eux, cette nuit, elle repousserait Paul et son
étreinte, son étreinte, ses caresses ponctuelles et sans

égarement, elle lui dirait, je veux partir seule avec les filles, à la campagne, je meurs de vivre sans passion, sans cet amour dévorant que nous avons connu autrefois, je partirai avec Liliane et Michelle, mais je dois avouer qu'elles ne m'inspirent aucun amour maternel, ou bien ai-je tort, si elle ne savourait plus ce livre, ouvert sur ses genoux, c'était par lassitude, hier, ces mots qu'elle lisait aux côtés de Paul, la nuit, la rassuraient, augmentaient son orgueil, elle pensait en les lisant, voilà bien ce que je suis, ce que je pense, que tout cela est bien écrit, ces fronts d'hommes, ces yeux, comme les yeux de Paul, ont absorbé pour moi tant de science, toutes les connaissances de l'humanité, ces yeux, comme les yeux de Paul, humides et tendres, mais non, il n'y avait qu'une morne agressivité dans ces mots structurés et froids, où étaient l'intuition, la finesse répondant aux nostalgies de son cœur, ces mots, ces livres étaient ses ennemis, ils l'avaient exaltée parce qu'elle aimait Paul, ou l'avait aimé, la suavité de sa complaisance lorsqu'il parlait des écrivains qu'il admirait, un jour, elle serait indispensable, mais ailleurs, au Brésil, ces malades, ces morts à l'hôpital étaient quotidiens, ponctuels comme les caresses de Paul, comme autrefois, elle irait au Brésil, on avait besoin de médecins bénévoles, là-bas, elle serait indispensable, son efficacité professionnelle serait reconnue, son intransigeance, indispensable, oui, «maman, je ne peux pas vivre sans toi», disait Michelle, mais ces mots pesaient comme une chaîne de captivité, c'était autour de vous encore, comme une petite bête, humant le parfum de votre chair, de

vos vêtements, «maman, tu es si belle, si sexy», ces
fauves doux, langoureux, des enfants, Michelle,
Liliane, non, Liliane aimait déjà d'autres femmes dont
elle était jalouse, jalouse, jalouse, pensait-elle, en se
mordant les lèvres, mais elle lui interdirait de vivre
avec une amie dans sa maison, ce pouvoir était encore
le sien, celui de Paul, leur secrète dictature, leur
complicité, on pouvait encore leur dire «tant que vous
serez sous notre toit, vous devrez nous obéir»,
Michelle avait une passion pour Wagner, d'où cela
venait-il, ils n'étaient que des intellectuels comme
tant d'autres, des parents honnêtes, mais, soudain, ils
se sentaient sans but, avec leurs aigres connaissances,
c'était l'hôpital, oui, c'était l'hôpital qui drainait toute
son énergie, quand avait-elle le temps de réfléchir, de
songer à ce chaos, cette splendeur qu'était Michelle,
Michelle qu'on envoyait chez un psychiatre pour
apaiser toute sa furie, «c'est la seule solution», disait
Paul, mais avait-il raison, à huit ans elle pressentait
déjà les cataclysmes, refusait d'aller à l'école, plus
tard, il y aurait au loin ce jour-là, disait-elle, un tremblement de terre, une démission souterraine de la vie,
oui, elle pressentait tout, au fond, elle n'avait pas
changé, pensait Guislaine, l'univers chaotique, heurté
de Michelle embrassait la fougue de Wagner, comme
hier, les tremblements de terre, les catastrophes géo-
logiques, comme hier, elle disait à sa sœur, «il ne
faut pas aller au collège, aujourd'hui, la terre pourrait exploser», le volcan atomique était là, habitant
toutes ses pensées, c'est ainsi qu'elle avait grandi,
dans la terreur, et plusieurs lui ressemblaient,

Michelle, comme tant d'autres, pensait Guislaine, était douée pour ce martyre des sens anormalement éveillés, aiguisés, c'était une enfant de sa génération, pourquoi s'inquiétaient-ils tant à son sujet, «il faut la ramener vers la sérénité», disait Paul, vers la vie confortable, désuète, cette sorte de vie mensongère qui n'existait plus que pour quelques-uns, on s'amusait, pourtant à son âge, on allait danser dans les discothèques, on aimait plaire aux garçons, une vie désuète, confortable, oui, Guislaine lui donnerait son écharpe, l'inviterait au restaurant, lui ferait plaisir, elle l'avait si souvent délaissée, autrefois, à cause de ses études, elles iraient vivre à la campagne, oublieraient ces années troubles, Guislaine avait refermé son livre sur ses genoux, parfois, elle baissait la vitre de la voiture, l'air chaud, le ciel couvert de mazout lui rappelaient un instant que l'agitation du dehors n'avait pas cessé, que son oisiveté achevait, car il serait bientôt cinq heures, elle alluma une cigarette qu'elle rejeta aussitôt dans la rue, non, il ne fallait pas, elle serait exemplaire, elle ne fumerait pas, seule ou devant eux, «maman, tu es si belle, si sexy», les hommes qu'elle attirait dans la rue lui semblaient grossiers, belle, sexy, la vision de Michelle la poursuivait, elle n'attirait plus les hommes, n'avait pas même le temps de le faire, pensait-elle, Raymonde allait dans la vie d'un air imperturbable, insensible aux convoitises des autres, liée seulement, on eût dit, au désespoir, au vertige de sa fille, à l'inquiétude de la jeunesse, était-ce une vie de vivre ainsi, austère, dépouillée depuis le départ d'Alexandre sur les routes, «Michelle est dans un perpétuel état de régression», disaient les spécialistes de son mal, mais même si on l'auscultait sans cesse, avec ces indignes prévenances de la psychologie, de la médecine, pensait Guislaine, l'âme de Michelle ne possédait-elle pas cette qualité d'être inaliénable, quand tous, autour d'elle, contenaient leurs cris de prisonniers, moi aussi, comme les autres, pensait Guislaine, en soupirant, ne sont-ils pas victimes de notre lassitude, de nos lâchetés, il était déjà tard, le temps de penser à rentrer, une autre cigarette, peut-être, après tout, elle était seule, elle imaginait déjà sa répulsion, lorsque Michelle viendrait se blottir dans ses bras, vite, elle ferait don de son écharpe afin de l'écarter, par quelle scélératesse éprouvait-elle ces choses, parfois on trouvait un misérable que Michelle avait caché dans sa chambre, qui sait, Guislaine était peut-être, là aussi, jalouse, jalouse de la pitié de Michelle envers les rebuts de l'humanité, la pitié était l'une des fertilités de l'amour et Guislaine était-elle encore capable d'aimer, non, peut-être, pensait-elle, avec Michelle et ces histoires d'acide on ne pouvait jamais savoir éprouver quelque certitude, vivre paisiblement son existence, comme autrefois, se dire, ce soir, pendant le dîner, nous aurons une conversation normale, nous irons ensemble à la bibliothèque municipale, comme au temps où son père leur lisait des œuvres d'Alexandre Dumas, pour les endormir, le soir, ils s'aimaient encore, ne se tourmentaient pas tant l'un et l'autre, ne se disputaient pas âprement toute la nuit au sujet de l'éducation des enfants, ce serait une belle nuit d'été, appuyée au bras de Michelle, de Liliane, elle serait confiante, bavarde, heureuse, elle n'aurait pas encore connu cette honte, ce déchirement, elle ouvrirait la porte, Michelle lui sauterait au cou, en disant «je suis très propre, maman, c'est pour sortir avec toi, tu peux regarder au fond de mes oreilles, si tu veux», les doigts poisseux de Michelle quand elle vous touchait, on ne savait jamais d'où elle sortait, Liliane se taisait, couvant sa sœur du regard, «je ne sais pas où elle était, je vous l'ai ramenée, c'est tout, prenez-en soin ou je vous l'enlève», les menaces de ces paroles, ce sourire acéré par les inquiétudes de l'amour, si elle en apprenait davantage au sujet de Liliane, ne souffrirait-elle pas davantage dans sa croupissante jalousie, ce sentiment si honteux, si vil, de la part d'une mère, elle devait bien être la seule à éprouver cela, avec une telle profondeur, la caresse de ces doigts poisseux de Michelle, sur sa nuque, «maman, j'ai vu tes souliers, ton sac de cuir, je t'aime, tu es si élégante, je te mangerais», «ne me parle pas sur ce ton, va d'abord te laver le visage», la soirée serait chaude et lourde, souvent, quand il faisait beau, les nuits d'été, elles restaient debout toute la nuit à contempler les étoiles, flânant ensemble, le bras de Michelle, de Liliane, contre le sien, dans une méditation sereine, silencieuse, et soudain ces doigts effilés de Michelle semant sur elle les saletés de la rue, l'abandon, la misère des villes, c'était intolérable, qui d'autre eût accepté cela, il devait être tard, puisque, mécaniquement, comme elle le faisait tous les soirs, elle était revenue chez elle, écoutait le tintement des clés, dans la poche de sa veste, à ses lèvres, à ses narines, encore cette odeur moite de la fumée, du mazout, cette pétition écologique que lui avait montrée Liliane, le matin, elle la signerait oui, ces criminels qui noircissaient l'azur, noircissaient tout, cédant à l'inéluctable panique qu'un jour nous allions tous mourir, la fatalité d'une négligence universelle qui venait s'abattre sur chacun, le suppliant de renoncer à tout effort de vivre, elle aussi, Guislaine, était victime de la lâcheté de ces criminels jaloux de l'innocence, de la beauté, c'était une révolte qu'elle pouvait encore partager avec ses filles, mais qui sait, dans ce combat, ils étaient tous, peut-être, les uns comme les autres, puissants ou faibles, tous vaincus, ils seraient expulsés de la terre qu'ils avaient appauvrie, meurtrie, comme ils le méritaient, le ciel était bleu et chaud, même dans la rue, on entendait ce concerto de Beethoven, les voisins se plaindraient, pourquoi Michelle ne se servait-elle pas des écouteurs que lui avait donnés son père qui n'aimait pas le bruit, la musique, dans la maison, ces écouteurs et leurs filaments, ne ressemblaient-ils pas, pensait Guislaine, à la ramification de ces tuyaux de verre, lesquels permettaient la transfusion du sérum, du sang, dans la vie des grands malades, l'hôpital, oui, c'était cela, l'hôpital drainait son énergie, effritait ses nerfs, était-ce là le but de la vie, cet effritement, la lenteur de tous ces deuils qui se perpétuaient en nous, en eux, dont elle devenait chaque jour de plus en plus consciente, «les voisins vont encore se plaindre», dit Guislaine, en entrant, mais les filles s'étaient sans doute enfermées dans les chambres du fond, cet appartement était trop vaste, «fonctionnel», disait Paul, quelqu'un avait pensé aux plantes, une note, sur la table de la cuisine, avertissait Guislaine de l'absence de son mari qui serait bientôt de retour, ainsi tout était avertissement, prévenance, les signes de la captivité étaient encore présents, même dans cette écriture de Paul, en apparence, une écriture retenue, mais pour Guislaine qui la déchiffrait soudain, il y avait là, la marque d'une insolence qu'elle seule pouvait lire, «après sa visite chez le dentiste, la semaine prochaine, comme tu le sais, maman viendra passer quelques jours avec nous, tu sais bien que nous ne pouvons la laisser seule lorsqu'elle est souffrante», c'est ainsi qu'ils vous aimaient, pensait Guislaine, accourant à l'avidité de leurs besoins, hommes ou femmes, ou enfants, elle déposa sa veste de toile sur une chaise, elle appréciait cette veste, lorsqu'elle lisait, fumait seule, en été, dans sa voiture glaciale, le froid, la fraîcheur enfin, dans cet été fourmillant de malpropretés, de germes, le froid, la fraîcheur élue, quand au dehors, on eût dit que les arbres, l'asphalte de la rue, les gens eux-mêmes, se tordaient sans frémir dans l'air empoisonné, elle se souvenait d'une jeune femme qui avait perdu son soulier, en marchant, un peu plus loin, dans une autre rue où elle l'avait suivie, Guislaine l'avait aperçue qui renversait la tête en arrière, dans un geste de défaillance, peut-être, allait-elle s'évanouir pendant qu'un pigeon gris traversait le ciel, tel était l'éblouissant passage de l'été, avait pensé Guislaine, dans sa voiture, observant l'oiseau qui lui paraissait, lui aussi, suspendu à l'air chaud, comme elle-même lorsqu'elle se mêlerait à l'agitation de la rue, et soudain, il était tard, Guislaine était captive à nouveau de ces voix, de ces murmures, dans les chambres du fond, Liliane et Michelle se parlaient sans doute à voix basse, elles se tairaient lorsqu'elles verraient leur mère, elles étaient là, assises au pied du lit, liées comme elles l'étaient si souvent par leur complicité muette, se taisant soudain parce que Guislaine venait de rentrer, ou changeant le sujet de la conversation comme le faisait Liliane, s'adressant à sa mère d'un air narquois, «tu as été retardée par une histoire de pancréas, Guislaine?» ce prénom, dans la bouche de Liliane, le sien, Guislaine, cette fille ne la violait-elle pas sans cesse, avec ses mots, ses répliques, et pourquoi Guislaine avait-elle eu l'imprudence de parler à table, la veille, de cette maladie du pancréas qui l'inquiétait pour son patient, «je suis ta mère, dit Guislaine, il faut me parler avec respect», «je te parle avec respect, maman», dit Liliane, en regardant sa mère droit dans les yeux, ce regard était irritant, pensa Guislaine, fougueux, sans gêne, elle ne voile sa pensée d'aucune transparence, pensait Guislaine, en le subissant, Liliane regardait sa mère tout en effleurant la joue de Michelle, ce petit creux de ses joues, disait-elle, qu'il faudrait gonfler, arrondir, du bout de ses doigts forts et carrés, et Guislaine avait fermé les yeux comme si cet effleurement machinal l'eût blessée, après tout, si Liliane vivait déjà à moitié dans une commune de filles, presque toutes des enfants qui avaient déjà quitté leurs familles, elle pourrait la chasser avant ses dix-huit ans, elle serait bientôt acceptée dans une école de peinture, elle la verrait moins, c'était odieux de penser que cette fille déjà si solide et grande, grandirait encore, serait peintre ou sculpteur, l'habileté de son corps, de ses mains, ne semblait-elle pas redoutable, déjà, mais non, ils étaient fiers de Liliane, Liliane réussissait tout, dommage qu'il y eût en elle, cette faille, était-ce la forme d'une sexualité déviante, comme disait Paul, ou le débordement d'une luxure de vivre, saine et naturelle, ou bien était-ce un malheur d'avoir une fille comme Liliane, si peu semblable aux autres, du moins peu semblable à celles qu'elle pouvait comparer dans son entourage de médecins, aucune fille de professeur n'était comme elle, ne vivait comme elle, non plus, son exaltation était si physique, si, elle n'eût pas aimé formuler à quelqu'un d'autre ce qu'elle ressentait, pas même à Raymonde, même sur l'émail de ses dents, on sent cette volonté de séduire, de plaire, pensait Guislaine qui évitait le regard de sa fille se rapprochant de Michelle qu'elle entourait de ses bras, l'arrachant doucement à l'emprise de sa sœur, se répétant, mais c'est cela, la jalousie, quelle honte, et pendant qu'elle séparait ainsi, consciemment, sans ruse, toutefois, Michelle de Liliane, elle pensait à cette promenade en canot qu'elles avaient faite ensemble, autrefois, pendant des vacances en Suisse où elles avaient été seules, toutes les trois, sans Paul qui préparait son doctorat, la fulgurance de ces jours revenait souvent dans ses rêves, Liliane, Michelle, glissant mollement sur l'eau brune

du lac, sans paroles, la fraîcheur de l'eau, du soir qui
tombait sur les cimes des arbres, ne les avait-elle pas
engourdies, si près l'une de l'autre, dans ce clapote-
ment de leur petite barque perdue au milieu de la
nuit, que leurs mains, leurs pieds se touchaient,
pendant que, bougeant à peine, elles avaient l'air de
ramer, leurs bras, leurs mains, en esquissant le geste
au-dessus de l'eau, quand, en réalité, pensait Guislaine, l'eau sourde les menait, les égarant un peu plus
vers le centre du lac, noir et paisible, d'où elles
avaient attendu la tombée de la nuit, unies par le
même silence anxieux, Liliane, Michelle, Guislaine,
dont la barque ondulait mollement sur l'eau brune du
lac, après avoir fait ce rêve, elle s'éveillait soudain,
le front trempé de sueur, il lui semblait que Liliane,
Michelle n'étaient plus dans ce canot qui continuait
de glisser seul, le long de ces forêts trapues qui bordaient le lac, si elles étaient encore dans le canot,
l'ombre des arbres les recouvrait, on ne distinguait
plus leurs silhouettes, pourtant Guislaine était encore
sur le lac et luttait seule contre le rideau sonore de
toute cette eau qui menaçait de l'emporter, si loin
d'elles, le rêve allait en s'atténuant dans un éparpillement trivial où Liliane présentait une amie à sa mère
qu'elle appelait sa maîtresse, devant laquelle elle se
mettait à genoux, comme elle le faisait maintenant
avec attendrissement devant Michelle, en disant que
le bas de son pantalon de velours était encore trop
long, qu'il faudrait le couper, et Guislaine étreignait
Michelle contre sa poitrine en disant, «viens, allons
dîner, toi et moi», ne demandant pas à Liliane ce

qu'elle ferait ce soir, cette nuit, craignant de l'apprendre, sentant toujours sur sa nuque, pendant qu'elle partait avec Michelle, l'insolence de ce regard de Liliane qui la poursuivait, murmurant pour elle seule, «j'aime les femmes et tu es jalouse, jalouse de toute cette expérience amoureuse que tu ne possédais pas à mon âge, jalouse, jalouse», mais Liliane disait à sa mère qu'elle irait à une réunion écologique, ce soir, «encore une réunion où il n'y aura que des femmes», dit Guislaine, sèchement, mais Liliane qui fredonnait d'une voix peu mélodieuse le concerto de Beethoven ne l'avait peut-être pas entendue, on ne pouvait plus se baigner, manger les poissons de nos fleuves, Guislaine l'écoutait distraitement pendant qu'elle se rafraîchissait le visage, se disant, je la juge mal, sans doute, il ne faut surtout pas lui montrer que je la juge, elle s'entêterait à vivre de façon plus amorale, encore, «tu peux te joindre à nous, tu sais», dit-elle d'une voix docile, songeant en même temps à ce lien d'une chaste amitié entre elle et Raymonde, Raymonde, Guislaine, inséparables jadis, non dans ce rêve, le canot allait seul à la dérive, on ne les voyait plus, le long de ces forêts trapues qui bordaient le lac mystérieux, lointain, un paysage qu'elles ne reverraient plus, peut-être, en cette vie, et dans cette pièce personnelle où Guislaine avait laissé, avant de partir, le matin, son sac, ses souliers pour sortir le soir avec Michelle, ces traces qui inspiraient tant de dégoût à Guislaine, les traces de ces doigts poisseux de Michelle, étaient là, partout, sur ses livres, sur ce journal intime qu'elle n'avait pas le temps de rédiger,

dans sa retraite solitaire, Michelle, son corps pantelant, ses maux obscurs causés par la drogue, toute la
misère qu'elle avait absorbée ailleurs, toute la journée, ces vestiges de Michelle, se précipitaient à nouveau vers elle pour l'accabler, l'accuser, comme si
elle lui eût dit à l'oreille, avec le parfum âcre de son
haleine, «tu ne m'aimes pas, tu ne m'aimes pas
assez». Raymonde n'avait-elle pas confié à Guislaine,
elle qui se confiait si peu, combien l'acharnement,
l'hostilité silencieuse d'Anna l'avaient parfois attristée, même lorsqu'elle espérait lui plaire, l'émouvoir
même en l'amenant dans le pays de ses ancêtres, l'indifférence d'Anna, semblable à cette indifférence
qu'elle éprouvait devant la reproduction de Boudin,
dans sa chambre, disait Raymonde, rejetait au loin
tout espoir de réconciliation avec le passé de sa mère,
comme si elle eût encore songé à ces routes vertigi-
neuses qu'elle avait autrefois parcourues avec son
père, secouée dans un vélomoteur, maltraitée sur ces
routes de Los Angeles, sous la légèreté de ce ciel si
bleu, le jour, et incendié, le soir, Guislaine, Liliane,
Michelle, glissaient sur l'eau brune d'un lac, à la dérive, dans leur canot, pendant que Raymonde, Anna,
allaient en train vers la lumière du midi de la France,
Raymonde, contemplant avec douleur pour la première fois ce front rigide d'Anna, fermé à tout,
l'opacité de cette enfant enveloppée de son silence,
et ce pli boudeur des lèvres qui semblait dire, laissez-moi, laissez-moi, je suis ailleurs, et dans ce lieu
où je suis, il n'y a plus de vie, un vide plaintif, c'est
tout, oh! laissez-moi, et il y avait tout près de Ray-

monde d'autres couples, mères et filles, s'égayant d'être ensemble, une fillette du même âge qu'Anna, vêtue comme elle d'un short blanc, d'un chandail de coton rayé bleu, portant les mêmes chaussures Levis, car ces enfants d'un même milieu favorisé ne devaient-elles pas se reconnaître entre elles, sentir passer, même dans l'ornement vestimentaire, en apparence d'une rude simplicité, ce frisson du privilège, d'une similitude sociale qui n'appartenait qu'à elles, toujours soignées par leurs mères, la fillette qui partageait avec Anna cette seule analogie, dessinait près de la fenêtre d'un trait touchant mais sans imagination, d'énormes cœurs à l'encre rouge qu'elle déposait ensuite sur les genoux de sa mère, dissipant ainsi beaucoup de feuillets blancs et d'encre rouge, comme si ce gaspillage eût été dicté, lui aussi, pensait Raymonde, par l'ostentation qu'elle partageait avec cette classe d'Anna, où le privilège s'imposait par son faste, des feuillets blancs, des crayons rouges, blancs, verts, on en avait beaucoup, et dans ce train de première classe, Anna, comme la fillette française, eussent pu avoir en commun, le même éventail de couleurs, comme de vêtements ou de coupes de cheveux, Anna, contrairement à la fillette, ne dessinait pas des cœurs véhéments d'amour pour sa mère adorante et aimée, ses mains reposaient sur ses genoux nus, minces et glacées, avait pensé Raymonde, comme sous le dessèchement du froid, de la mort, ces mains, et elle ne tournait pas vers le paysage lumineux, chargé d'une dense lumière qui avait toujours réjoui l'âme antérieure de Raymonde, qu'elle reconnût cette lumière, dans des paysages réels ou dans des tableaux, Anna, inflexible et glacée, ne tournait pas vers ces paysages, ce pays, son front rigide, on eût dit déjà qu'elle était absente de son corps, et que pour la première fois Raymonde, sa mère, devait faire face à ce deuil, n'était-ce pas là, oui, un peu de cette désolation que Raymonde avait confiée un jour à Guislaine, ajoutant que la vision qu'elle avait eue d'Anna, à cet instant-là, se comparait pour elle à celle d'un ange touché par une secrète pourriture, comme si, dans le regard d'Anna, dans l'enlacement de ses mains, sur ses genoux, sous le pli sinistre de ses lèvres, il y eût une latente décomposition menaçant d'apparaître au grand jour, de croître, pendant que d'autres, du même âge, savouraient ce jour d'été, s'y abandonnaient distraitement, même sous la surveillance maternelle. Soudain, pour Raymonde, le ciel bleu qu'on voyait de la fenêtre, les moissons de l'été, chacun de ces paysages qu'elle aimait, qu'elle avait attendu, espéré, pendant des années, pour les offrir à sa fille, ce jour-là, n'avait-il pas été rongé par le mal d'Anna, la vénéneuse substance de son angoisse, oui, ce jour-là, Raymonde avait perdu Anna, pour toujours peut-être, et la beauté de cette nature dont elle avait porté en elle la nostalgie si longtemps en avait été, à son tour, crevassée, meurtrie, cette tristesse, cette désolation, Raymonde les avait confiées à Guislaine, son amie, celle à qui elle ne disait pas tout, pourtant, même si ce subtil écart de leurs deux classes sociales les avait autrefois séparées, sur les bancs du collège, Raymonde, fille de bourgeois, Guislaine, boursière

pauvre, première de classe au noble profil, la première, oui, partout, mais l'échec n'était-il pas inscrit
en Guislaine, malgré tout, comme aujourd'hui, en
Michelle, n'était-elle pas hantée par tous les doutes
qui perturbaient sa fille, mais il ne fallait pas se trahir
auprès d'eux, feindre le courage, l'effronterie, surtout
auprès de Liliane, si effrontée déjà, et qui la dépas-
sait de plusieurs têtes, se dire que pendant que Liliane
touchait ainsi de son front quelque zénith mystérieux,
elle, Guislaine, rétrécissait, se courbait avec les
années vers le sol, mais non, ce n'était pas vrai, pas
déjà si tôt, non, «maman, si belle, si sexy», disait
Michelle, ne lui laissant nulle paix, la harcelant, l'im-
portunant de son affection, quand elle était affec-
tueuse, car ce n'était pas tous les jours, et ces doigts
poisseux, maintenant, sur ses livres neufs, qu'elle
n'avait pas le temps d'ouvrir, dans ce coin de la maison qu'elle avait eu la témérité d'appeler son
domaine, l'odeur âcre de Michelle, alcoolisée, encore,
cette présence fétide qui était là, planant dans l'air de
la chambre, gémissant sur soi, «maman, maman, tu
ne m'aimes pas, tu ne m'aimes pas assez», et l'obs-
cure source du mal n'avait-elle pas été dévoilée par
Michelle, oui, par Michelle elle-même et la transparente intuition de sa nature, sans l'aide du psychiatre, puisque c'était là quelque secret en lambeaux
qu'elle ne partageait qu'avec Michelle, dans une
intimité qui leur faisait peur à toutes les deux, et dont
elles ne parlaient jamais, bien qu'elles en fussent,
l'une comme l'autre, les victimes, Michelle avait
raison, Guislaine ne l'aimait pas, ne l'aimait pas

assez, Guislaine, Paul, n'avaient pas voulu Michelle
dans leurs existences, Liliane, oui, l'exaltation d'une
première naissance, l'espoir de durer davantage, surtout, l'un par l'autre, en Liliane, de renaître, et cet
étranger témoin qui était là, soudain, qu'on appelait
Liliane, d'une singulière ambiguïté, elle ne les aide-
rait pas à prolonger leurs jours mais ne les réduirait-
elle pas dangereusement avec tous ces malaises, ces
inquiétudes qu'elle provoquait? Autrefois, il y a longtemps, n'avaient-ils pas roucoulé dans son oreille,
Liliane, notre mignonne petite fille potelée, à nous,
notre bébé, Liliane examinant ses parents, leur démence, avec ironie, on ne la posséderait pas ainsi, ils
ne viendraient pas la conquérir, avec leurs cadeaux,
leur matérielle indécence dont ils étaient si fiers, non,
cette géante chose constellant leurs vies les avait soudain gênés, et pourtant, elle, Liliane, ils l'avaient
aimée, ils étaient encore étudiants et regardaient ce
diable plantureux qui sautait le matin dans leur lit,
souillait leurs livres d'étude des taches de confitures
de ses doigts, ils s'étaient peu à peu résignés, se
disant, elle est très saine, c'est déjà un bonheur,
regardez ses joues roses, ses yeux vifs, elle comprend
tout si vite, ce ne sera pas une enfant difficile, mais
Michelle, Michelle était un accident, Guislaine n'avait
pas été prudente ou ils avaient trop bu, ce soir d'hiver,
après une longue randonnée de ski, Michelle savait
sans doute, guidée par sa lucidité souterraine qui
l'avertissait de tous les dangers, de tous les désastres,
que ses parents, et surtout sa mère, seule sa mère était
coupable de cela, l'avaient conçue une nuit d'hiver

sans l'aimer, négligemment, la repoussant déjà, dans une complète distraction, oubliant cette vie, Michelle, cette vie irrésolue, en suspens, parmi eux, qui gémissait déjà dans le silence de l'hiver, vous ne m'aimez pas, vous ne m'aimez pas assez, ce secret en lambeaux qu'elle partageait avec Michelle, elle l'avait confiée à Raymonde, elle seule, mais Anna elle, n'était pas comme Michelle, une vie, il fallait oser le dire, le penser, une vie embryonnaire, accidentelle, comme on voit sur les routes, des accidents, des morts, des pertes de vie, par oubli, complète distraction, Anna serait l'amie, la sœur de Raymonde, Anna serait aimée, désirée, même du fond de son abîme de froideur, Raymonde ne se résignerait jamais à cette perte, à cet abandon, elle donnerait un jour cette preuve d'amour à sa fille, Raymonde ne dirait jamais comme Guislaine, ma fille a tort, non, elle dirait, pourquoi ne le constatez-vous pas, c'est le monde qui est mauvais, l'essence très pure de cette vie d'Anna, dirait Raymonde, voilà ce que je veux défendre, et Liliane songeait, pendant qu'elle tenait sa pétition écologique à la main, à ces hordes de renards, de chevreuils, abandonnant la campagne, la forêt, pour ces périphéries des villes, errants, errants, à nos frontières, dans nos déchets, car les chasseurs les avaient déracinés et lentement ils s'acheminaient vers leur agonie collective, sans plus de force pour la lutte, parmi nous, ils venaient mourir, mendier une paix finale, abjecte, dans notre abjection, fouinant parmi nous, dans nos débris, ces hordes de renards, de chevreuils, que nous avions déjà massacrés, Michelle, plus tard, songeait Liliane, Michelle ne les verrait jamais courir, dans leurs bois, leurs forêts, ils étaient déjà tués par les hommes, lorsque Michelle comprendrait plus tard combien ce plaisir que procuraient les drogues était illusoire, où seraient ces hordes de renards, de chevreuils, et ces cerfs que l'on tuait tous les jours, en Écosse, dans ces zones de notre abjection où déjà s'entassaient tous nos cadavres, elle, Liliane, sauverait la planète, Michelle, ma petite sœur qui doit vivre, Guislaine, Michelle étaient sur le point de sortir ensemble, la main de Guislaine touchait le bras de Michelle, elles se ressemblaient, pensait Liliane, formaient un rayonnant couple de femmes ou de jeunes filles qui lui plaisait, plaisait à son regard, ses sentiments, sa nature, Liliane eut l'air de s'approcher d'elles pour les embrasser, sa mère l'écarta doucement en s'écriant «Mon Dieu, que tu es grande, attention, nous sommes plus frêles que toi», et Liliane se mit à parler d'une promenade nocturne sur un lac gelé, ce n'était pas la promenade en canot qu'elle semblait avoir oubliée, pensa Guislaine avec soulagement, mais une nuit où elles étaient sorties ensemble toutes les trois, fuyant pour quelques heures la propriété de campagne de leurs grands-parents, une nuit de Noël, «nous avons vu passer une douzaine de chevreuils, dans les bois», dit Liliane, «et c'est toi qui avais eu cette idée de marcher sur le lac gelé qui craquait, tu te souviens, on sentait l'eau en dessous qui commençait à couler», Guislaine repoussa Liliane en disant qu'elle n'eût jamais été assez folle ou assez follement imprudente pour amener ses filles, qui

étaient petites, alors, sur un lac à peine gelé, dans la
nuit, et Michelle dit à Liliane qu'elle se souvenait de
cette nuit-là, parce qu'elles avaient joué à l'ombre
dans la neige, on se couchait les bras ouverts dans la
neige et on creusait son ombre, le matin, au soleil, la
forme de nos corps allongés était encore là, Michelle
souriait à cette pensée, dans la neige chaude, au soleil,
leurs ombres fondaient, la vaste silhouette de Liliane
dominant la sienne, «vraiment, je n'aurais jamais fait
cela, je suis une mère responsable», disait Guislaine,
mais le sourire rêveur de Michelle la rassurait, comme
il y avait eu un brusque abaissement de la tempéra-
ture, cette nuit-là, se souvenait-elle, Guislaine n'avait-
elle pas eu la certitude que le lac était gelé, les
craquements sourds, lointains, sous la patine de glace,
ne l'avaient pas inquiétée, mais c'était comme le
canot à la dérive, dans la nuit, il lui semblait qu'elle
était soudain prise au piège, au milieu de ses filles,
que des craquements de violence se heurtaient sous
la glace fine, qu'elles lui reprocheraient bientôt le tu-
multe de ces eaux troubles qui n'atteignaient jamais
leur point de congélation, ou d'inertie massive,
comme elle l'eût souhaité, ces craquements sourds,
lointains, on ne pouvait plus ignorer combien ils
étaient proches, leurs échos résonnaient en nous, nous
empêchaient de dormir, pensait-elle, sous l'apparente
surface gelée, des incendies couvaient, et n'était-ce
pas là ce que lui reprochaient le plus Liliane et
Michelle, de les avoir ainsi lancées à la dérive, dans
un canot, au milieu d'une nuit calme qui deviendrait
avant l'aube une nuit de férocités et de sanglantes

tempêtes, mais non, il fallait oublier ces images sinistres, ces mauvais rêves, Liliane avait simplement la nostalgie d'un monde qui fût encore un lieu d'accueil pour tous les animaux et tous les habitants de la terre, les hordes de chevreuils, de renards, n'était-ce pas l'innocence avilie de la nature qui l'offensait le plus, et Guislaine écoutait Liliane en pensant, c'est moi qui me sens persécutée, ce n'est pas raisonnable, pourquoi aimeraient-elles tant m'attaquer, me torturer mentalement, elles ne sont pas cruelles, après tout, je les connais bien, ce sont mes filles, je les ai vues grandir, tout ne va pas si mal, entre nous, et la vieille dame demandait à son fils d'un ton irrité ce qu'ils faisaient ainsi, arrêtés sur le pont, quand klaxonnaient tout autour une centaine d'automobilistes, «nous attendons la fin de la circulation, maman», dit Paul, il regardait cette femme qui était sa mère et se disait, je dois être patient, et juste, «tu seras bientôt chez toi, maman», dit-il, modérant sa colère, encore une fois, en cette même journée, une femme le molestait, l'agaçait, Guislaine, Michelle, Liliane et maintenant sa mère, il regardait ce visage hargneux sous la couronne de cheveux frais coiffés et teints, ces lèvres qui bougonnaient encore, cinglantes et desséchées, des mots en retombaient, des sons qui semblaient le renier, l'expulser dans sa solitude de père sans fils, «oui, elles te coûtent bien cher, ces petites et quelles joies t'apportent-elles? Mon pauvre enfant, si seulement elles étaient comme les autres, mais quel malheur, mon Dieu, quel malheur, je n'ose plus les inviter à venir me voir, le dimanche, comme autrefois, et sais-tu pourquoi, mon fils, parce qu'elles ne sont pas présentables, voilà», sa mère n'avait rien dit, pensait Paul, ces pensées, il pouvait les lire sur son visage, mais elle n'avait rien dit, elle serait en retard, disait-elle, mais personne ne l'attendait plus, à part ses dents qui lui causaient des ennuis, son médecin ne lui avait-il pas dit récemment qu'elle était en excellente santé, qu'elle pourrait vivre encore long-temps, au retour de chez le coiffeur, elle avait ache-té une nouvelle lampe pour égayer son salon, elle tenait cette lampe sur ses genoux, sous un monceau de cartons, et elle regardait droit devant elle, songeant qu'elle eût dû dire à son médecin, mais pourquoi vivre si longtemps, il y a déjà trop de fossiles comme moi, sur la terre, elle méprisait leur pitié, leurs dédaigneux échanges, ils ne l'aimaient pas assez, elle pourrait lire, sous cette lampe, tout en observant les passants dans la rue, les heures seraient longues et elle se levait toujours trop tôt, en même temps que son chat bien souvent, non ce n'était plus comme au temps de son mari, Liliane, Michelle avaient des grands-parents alors, on pouvait les choyer à Noël, les surprendre de baisers, au Jour de l'An, espiègles et douces, elles étaient la fierté de leur mère, de leur grand-mère, «tu sais, Paul, depuis que ton père n'est plus là, je trouve le temps bien long», avouait-elle à son fils, mais l'hostilité contenue de son fils ne lui inspirait plus cet aveu, soudain, et les mots ne firent que vaciller sur ses lèvres, ils étaient toujours immo-biles, sur le pont, les automobilistes klaxonnant autour d'eux, le pont vibrant, dense et chaud, pensait

Paul, pendant qu'une sourde rumeur courait dans ses
veines, ne devenait-il pas fou, ici, dans cette voiture,
si près de sa mère qu'il lui semblait sentir son haleine dans son cou, sa mère, dont le visage s'empour-
prait dans la chaleur, ne disait rien, pourtant, elle
tenait sa lampe sur ses genoux, exprimant beaucoup
de réticence à être là, près de son fils, ce qui l'éton-
nait, c'était cela, peut-être, cette réticence qu'elle
avait toujours exprimée, près de lui, une réticence qui
était peut-être son attitude profonde, dans la vie, avec
lui ou les autres, comme si on l'eût secrètement
menacée partout où elle allait, il se dit qu'une telle
réticence était exagérée puisqu'ils étaient parents,
mère et fils, pensait-il, et ce lien lui semblait soudain
grotesque, incestueux, comme si cette réticence les
eût soudés l'un à l'autre dans une même absence
d'amour devenue avec le temps incestueuse, car il
avait une telle habitude de voir sa mère, avant ou
après le coiffeur, le jour de sa visite chez le dentiste
ou chez son médecin, arrosant ses plantes quand
Guislaine n'était pas là, prenant soin de ses filles
quand elles étaient petites et qu'elles avaient la rou-
geole, qu'il ne pouvait plus imaginer sa vie sans elle,
ni elle, sans lui, peut-être, «mais cette lampe est beaucoup trop grosse pour ton petit salon, maman», dit-
il, d'un air contrit, la vieille dame, flattée par cette
remarque, regardait Paul avec affection, s'il mention-
nait l'achat de la lampe, c'est donc qu'il lui arrivait
de penser à elle, à sa monotone existence dans une
ville de banlieue, c'est donc qu'il ne l'oubliait pas
complètement, malgré tout, c'était un bon fils, elle ne

lui avait jamais trouvé de défauts, et il ressemblait à celui qu'elle avait toujours connu, mais il avait trop lu de ces auteurs abstraits, trop écrit de ces choses abstraites, aussi, peut-être n'écrivait-il pas vraiment mais ne faisait-il que refléter la pensée des autres, trop de pressions morales auprès de ces universitaires, ils n'étaient pas nécessairement créateurs parce qu'ils lisaient beaucoup, il s'était marié si jeune, «pourquoi toute cette agitation?» demanda-t-elle, sur le pont, ces camions, ces voitures, quelle hystérie chacun déployait pour remplir ces heures qui lui semblaient si longues, parfois, sans fin, et ces jeunes gens débraillés aux cheveux longs qui faisaient de l'auto-stop, il leur arrivait malheur, aussi, Michelle, Liliane, violées, piétinées, basculant dans un ravin au Mexique ou ailleurs, c'était là le résultat de l'éducation d'aujourd'hui, du relâchement des mœurs, depuis longtemps, comme leurs parents, elles n'allaient plus à l'église, la vieille dame regardait son fils, un universitaire, un intellectuel, pensait-elle, avec mépris, Paul avait raison, sa mère était réticente, et cette réticence était entière, absolue, il y avait là un vrai visage hargneux sous la couronne de cheveux frais coiffés et teints, le visage d'une mère qui disait à son fils, «ne me dérange pas, ne me dérangez plus, je préfère vivre sans vous, sans toi, sans elles, vous ne m'aimez pas, vous ne m'aimez pas assez».

«Allons dîner, toi et moi», avait dit Guislaine en entraînant Michelle loin de Liliane, vers l'escalier, puis la rue au ciel chaud, pesant, l'appelant «ma fille à moi», et maintenant elles mangeaient l'une en face de l'autre, dans ce restaurant luxueux d'un grand hôtel où des étudiants jouaient du Vivaldi, pendant le dîner, «c'est dans un orchestre comme celui-ci que tu devrais jouer bientôt», disait Guislaine à Michelle, mais Michelle était taciturne et regardait le saumon rose, les pommes de terre intactes, dans son assiette, «pourquoi ne manges-tu pas?» demandait Guislaine, avec exaspération, «tu es propre, jolie, ce soir, pourquoi ne manges-tu pas comme les autres, si seulement tu me disais pourquoi», Liliane avait baigné Michelle, de quel droit lui dispensait-elle cette tendresse nourricière, de quel droit, pensait Guislaine, donner un bain à Michelle, «je pensais que tu aimais venir ici, à cause de la musique», disait Guislaine, «mais j'aime venir ici», dit Michelle, la nourriture profanée, quand des millions d'enfants avaient péri au Biafra, Michelle écoutait sa mère, la regardait, tout en bougeant de gêne sur sa chaise, Michelle entendait dans ses poumons cette respiration de l'agonie silencieuse, c'était au Biafra ou ailleurs, elle n'avait plus d'air, son cœur, sa poitrine éclataient en un dernier souffle, «mais pourquoi ne manges-tu pas?» demandait sa mère, aux sons de la flûte, du hautbois, du piano, elle mourait sous les yeux de sa mère, ces yeux qu'elle aimait attirer vers elle, ils venaient vers vous de si loin, sous leurs paupières volumineuses aux longs cils, de si loin, «tu te souviens de ce gentil camarade que tu avais qui t'accompagnait parfois au violon, qu'est-il devenu?» «rien, maman, il n'est rien, toujours rien, il traîne dans les rues, c'est tout»,

semblait dire Michelle, en haussant les épaules devant
sa mère, et Guislaine regrettait déjà cette maison
pleine d'enfants, de rires, de musique, qu'elle n'avait
jamais eue, car n'était-elle pas du matin au soir à
l'hôpital, constamment absorbée par une vie qui
n'était déjà plus la sienne, Guislaine avait terminé son
repas, l'ossature d'un poulet languissait dans une
sauce brune, «mais mange, qu'est-ce que tu as, le
saumon est rose et frais, couleur de ton teint quand
tu es en santé», «mais je ne suis plus en santé», dit
Michelle, «mais oui, tu es en santé, mais très impo-
lie quand on t'invite à dîner, voilà ce que tu es»,
«Liliane dit que les saumons meurent par milliers,
dans nos rivières», «ah! mais n'écoute pas toujours
ta sœur, ta sœur, de toute façon, n'est pas comme les
autres, si tu écoutes toujours ce qu'elle te dit, tu seras
dans l'erreur, toi aussi», «maman, tu es si belle, si
sexy», si Michelle ne couvrait pas sa mère de ses
hommages insensés comme elle le faisait souvent en
public, pensait Guislaine, c'est qu'elle ne se sentait
pas bien, «mon trésor, mange un peu», dit-elle, en
tendant vers la bouche de Michelle, un peu de pomme
de terre, sur sa fourchette, mais ce geste, elle ne
l'avait qu'ébauché, prise de dégoût soudain, songeant
aux doigts poisseux de Michelle, noircissant les pages
de son journal, de ses livres, dans cette pièce de la
maison où il était interdit de venir, elle avait retiré sa
main et toute cette offrande d'une nourriture que
Michelle n'eût avalée qu'avec son aide, en cet instant,
car il lui semblait entendre le cri désespéré de
Michelle, soudain seule, à la dérive, sur le canot, ou

ici, assise en face d'elle, ce cœur, cette poitrine de
Michelle éclataient peut-être, mais elle ne sanglotait
pas, ne pleurait pas, elle pleurait des larmes sèches,
c'était cela, pensait Michelle, des larmes sèches, la
veille, aujourd'hui même, elle avait cru perdre
connaissance dans la rue, n'avait-elle pas eu cette
vision en marchant, c'était peu de temps après avoir
quitté Anna, l'air était rouge comme le t-shirt d'Anna,
une tache rouge à l'horizon, Anna qui partait à bicyclette dans l'air suffocant, l'air se resserrait sur vous,
le cœur, la poitrine battaient convulsivement dans un
dernier souffle, on voyait le squelette, les petits os
déjà fondus, on voyait le cœur palpiter une dernière
fois dans un effort immense, sous la peau noire
décharnée des enfants du Biafra, et maintenant
Michelle éprouvait cette agonie silencieuse, ils mouraient tous avec elle, à travers elle, et ses parents mouraient aussi, et Liliane, et ces jeunes gens qui jouaient
du Vivaldi, pendant que les autres mangeaient et
digéraient, quand au dehors, les vautours attendaient,
guettaient, planaient au-dessus de leurs têtes, les seuls
qui ne mouraient pas étaient les vautours, pensait
Michelle, la vision, l'hallucination de Michelle étaient
claires, elle revenait à la maison comme d'habitude,
très tard, ses cahiers de musique sous le bras, et elle
constatait qu'ils avaient tous été anéantis par le feu,
ses parents, Liliane, et des milliers comme eux,
autour, la maison, les meubles, n'avaient subi aucune
détérioration, aucune brisure, mais sous le ciel roussi par le feu, chacun avait été livré aux flammes
silencieuses, chacun avait été pulvérisé, par surprise,

les corps rouges de ses parents étaient là, et le corps roussi par le feu de Liliane, aussi, et des milliers, tout autour, debout ou couchés, sous la fine couverture de leur peau roussie par le feu, déjà, et Michelle pleurait des larmes sèches, c'étaient des larmes qui sentaient le feu et elles étaient vite taries, «mais qu'est-ce que tu as à ne pas avoir faim?» demandait Guislaine, «quand tu auras tes règles, ce sera différent, regarde ta sœur, elle qui a toujours faim, mais tu n'aurais pas dû boire de ce gin de ton père, c'est sans doute la faute de Liliane», «ce n'est jamais la faute de Liliane», voulut protester Michelle, mais elle ne disait rien, Guislaine entendait ce cri, ce souffle apeuré de Michelle, mais elle était impuissante, pensait-elle, impuissante, le canot s'en allait seul à la dérive, elle ne le retenait plus, c'était comme au temps où Michelle avait eu une pneumonie à l'âge de trois ans, ils l'entendaient tousser dans le noir, des jours, des nuits, Guislaine, Paul, ces larmes sèches, ces larmes qui ne coulaient pas, ils entendaient cette sourde lamentation dans le noir, qu'allons-nous faire, ils venaient tout près du lit, regardaient ces yeux agrandis par la fièvre, «avec des chaussettes de laine, tu aurais plus chaud», d'un côté, Paul, de l'autre, Guislaine, chacun réchauffait un pied chaussé de laine blanche, dans sa main, chacun écoutait, entendait le torrent de ces larmes sèches qui ne coulaient plus.

La femme qui venait d'Asbestos brisait cette immensité d'eau, de ciel, pensait-elle, elle osait s'approcher d'Alexandre qui lisait au soleil, ou écrivait, elle se penchait vers lui, regardait ces joues velues, ces cheveux au vent, pas un jeune homme, pensait-elle, une bête, mais beaucoup sont comme lui de nos jours, et elle osait lui dire, «Rita, je m'appelle Rita, je vous le dis parce que vous m'avez demandé mon prénom», et Alexandre souriait, se penchait à nouveau vers son livre, laissait les pans de sa tente ouverts les jours de pluie, afin d'abriter Marc et Pierre, et chaque jour il leur apportait une provision de hot dogs, car ils n'aimaient manger que cela, ce qui le déconcertait un peu, quand il était là, pensait Rita, les enfants ne se couchaient jamais le ventre vide, oui, elle avait brisé cette immensité d'eau, de ciel, elle avait osé s'approcher de lui, et maintenant elle regardait ce ciel, cette mer, vides d'espérances, apercevant les jambes de ses fils, au loin, dans les vagues, des jambes et des bras grêles qu'elle devrait bientôt vêtir des salopettes râpeuses de leurs cousins, ils n'iraient pas à l'école, cette année, continueraient de traîner dans la ville, ou sur la grève, il faudrait quand même feindre de les habiller, comme pour l'école, continuerait-elle de laver la vaisselle, dans cette taverne de pêcheurs, ils étaient tous si bas, ou irait-elle vivre avec ses enfants, chez ce camionneur qui offrait de les héberger, tous si bas, à quoi bon noyer ses jours, ses nuits, dans la vapeur de cette taverne aux relents de boissons, ne deviendrait-elle pas alcoolique comme son mari dans un tel milieu, déjà, elle buvait un peu le matin, elle qui n'en avait pas l'habitude, la saison avançait, puisqu'il était parti, lourde, pâteuse vie avec eux ou sans eux, bientôt la brume, le froid, Alexandre ne l'avait-il pas réprimandée parce qu'elle avait un jour distraitement pincé l'oreille de Pierre, elle eût aimé les punir plus encore, les mordre, dans sa désolation, les battre, ce n'était pas si grave puisque Pierre n'avait pas la peau sensible de Marc, pourquoi Alexandre était-il parti, s'il était égoïste comme les autres, il avait un cœur charitable, il défendait toujours les faibles, il ne permettait pas que quelqu'un fût humilié devant lui, n'avait-il pas dit à la femme d'Asbestos qu'il était prêt à mourir pour cette idée, ce qui lui semblait insensé, on voyait bien que toutes ces écritures lui dérangeaient l'esprit, on ne pouvait pas éviter l'humiliation à autrui, lui avait-elle dit, «c'est toutes ces écritures que vous faites jour et nuit qui vous troublent l'esprit», de lourds oiseaux blancs, pâteux et affamés se posaient partout, la plage serait bientôt déserte et elle avait livré à Alexandre, ce prénom irréductible, courageux, Rita, Rita qui n'est rien, Rita et ses enfants qui ont été jetés à la rue.

Anna s'était enfermée dans sa chambre, elle ne sortirait plus, pensait Raymonde, ou bien n'était-ce qu'un moment de crise, cette fois, la bicyclette d'Anna était cadenassée, contre la porte du garage, dans la cour, c'est donc qu'elle avait décidé de ne pas sortir, pendant quelque temps, il ne fallait pas, pensait Raymonde, il ne fallait plus, cela ne devait pas lui arriver, le chien d'Anna, qu'elle avait encore oublié de sortir, trottait derrière Raymonde, dans la cour, et Raymonde pensait à la réunion qui aurait lieu ce soir, chez elle, d'autres Centres Sécuritaires, d'autres prisons, diraient-ils, comment empêcher cela, quand on savait maintenant qu'elles étaient aussi redoutables, dures, opiniâtres que les délinquants mâles de leur âge, si nombreuses, qu'on ne savait pas où les loger, elles étaient pimps, pushers, elles pouvaient tuer, elles aussi, deux délinquantes de 15 ans avaient volé une voiture, renversé une femme qu'elles avaient laissée, agonisante, dans la rue, et c'est sans s'en repentir qu'elles avaient raconté ce meurtre, comme un fait divers, comment les laisser vivre ainsi, parmi les autres, provoquant des mutineries dans les écoles, les collèges, l'île d'Anna, son espace comprimé, ses bêtes, les perruches qui volaient librement dans la cuisine, partout ce désordre de la catastrophe, d'autres Centres Sécuritaires, diraient-ils, d'autres prisons à perpétuité, pushers, pimps, voleurs, assassins, et l'emprisonnement d'Anna était depuis si longtemps commencé, pensait Raymonde, par ceux-là mêmes qui croyaient la protéger; oui, ils avaient pris eux-mêmes l'ampleur de cette décision, avec leurs idées

de réforme, les éducateurs, les sexologues qui
n'admettaient qu'une seule forme de sexualité,
condamnant toute différence comme l'eût fait la
société, tous ceux qui travaillaient à ses côtés à l'Institut, réformer Anna en la tuant, ce n'était pas encore
la nuit, pourquoi avait-elle allumé sa lampe, dans sa
chambre, déjà, d'autres Centres Sécuritaires, d'autres
motels où elles passeraient la fin de semaine, sous
une surveillance en apparence timide, mais policière,
même au repos, on les surveillait, et Michelle qui
avait cru pouvoir appartenir à ces groupes, à ces
gangs de tigres féroces, sans doute pour se rappro-
cher d'Anna, les unes comme les autres, surveillantes
et surveillées, on avait emprisonné Anna depuis longtemps déjà, même au retour de la Floride, des
Caraïbes, elle n'avait jamais quitté sa pointe insulaire.
Anna contemplait ce mur que sa mère avait jadis peint
en rose, elle y voyait passer Tommy, Manon, se
mêlant à un cortège de funérailles noires; eux qui
n'avaient aucun respect pour la civilité blanche, unis-
saient leur destin de couple mortel à celui ou celle
qui reposait là, compact et isolé sous un couvercle de
fer, dans ce cortège, tous les visages souriaient, immolant dans l'air déjà fébrile cette fébrilité du blanc
des yeux dans des visages sombres, et l'éblouissement de dents immaculées dans la lumière, seuls,
Tommy, Manon, qui suivaient le cérémonial d'un pas
déférent, empreint de sobriété, ne souriaient pas, mats
et silencieux sous le flamboiement de leurs couleurs,
on eût dit, pensait Anna, qu'ils s'éprenaient soudain
de ces heures, de cette vie qu'ils avaient dédaignées,

ne comprenant pas, soudain avertis par cette aile de
la décomposition qui bourdonnait dans l'air, que
l'âme du défunt, ranimée par la joie de ces visages,
la musique de ces corps qui dansaient, écartait le couvercle de fer, s'emparait des gerbes de fleurs qu'elle
dilapidait avec elle-même dans la nature, sous le ciel
bleu, vivace et ardent, s'écriant, «je suis délivrée,
désormais libre de tous vos maux, je me disperse
comme le pollen des fleurs, je me répands dans la
fluidité de l'air, du ciel, de l'eau», et pourtant, pensait Anna, ils eussent dû comprendre à cet instant,
comme elle le comprenait elle-même, le sens de ce
voyage éphémère qu'ils avaient entrepris, toujours si
proche des frontières de la mort, ce voyage, et dont
ils transportaient, partout avec eux, l'exultation et le
terme. La veille encore, ne s'étaient-ils pas livrés
ensemble à la prostitution en un seul enlacement
fantaisiste, cette fois, sans perfidie, en raccompagnant
à son hôtel une vieille femme riche et déchue, qui,
disait-elle, en les embrassant tour à tour, n'exigerait
d'eux, qu'un peu de leur jeunesse, se confondre un
instant à leur extase, à leurs jeux lascifs, c'était là
son seul espoir, oui, disait-elle, suspendre ce regard
qui serait bientôt éteint à la beauté sauvage, énergi-
que de leur jeunesse, et eux, ces proscrits, pensait
Anna, avaient consenti, sans calcul, sans vice, qui
sait, refusant l'argent qu'on leur offrait si tel était leur
caprice de gratuité, ce soir-là, ils avaient consenti à
ce partage, ou à ce don de la décrépitude, parce que
cette image de la vieillesse les avait d'abord émus,
conquis, sous ces doigts arthritiques qui lissaient les

plumes de corbeaux dont ils paraient leurs tempes, les nuits de fêtes, si bien, pensait Anna, que dans ces dédales puants où les menait la faim, ils préservaient souvent, avec leurs têtes qui s'érigeaient au-dessus du gouffre, leur dignité d'oiseaux de proie, ils avaient senti frémir ces doigts sous leurs chevelures emmêlées, se presser avidement contre leur peau brûlée par le soleil, ces mains, ces bras, et soudain, ils avaient reconnu ce frisson du vieil amour qu'ils avaient oublié, s'ils éveillaient encore le désir, n'étaient-ils pas estimables, pourquoi les refoulait-on aux ruines de la terre, Tommy, Manon, passaient sur ce mur jadis peint en rose, ils défilaient dans un cortège noir, mats, silencieux, parfois, au tournant d'une rue, lorsqu'ils levaient la tête vers le ciel, leurs visages, contre le jour étincelant, semblaient livides, Anna marchait tout près d'eux, s'effaçait discrètement sous sa peau luisante de sueur, dans sa tunique indienne déchiquetée, pantelante, comme tous les objets qu'elle avait touchés, avec Tommy, Manon, déchiquetés par l'usure, pantelants, il y aurait une réunion ce soir à la maison, lui avait dit sa mère, elle croyait entendre le pas de Raymonde dans la cour, Raymonde, son chien qui longeaient les arbres, les buissons, dans la cour, si loin, avec la bicyclette cadenassée contre la porte du garage, de l'autre côté de son île, si loin, mais cet entêtement sourd de leurs vies, de leurs pas, l'atterrait, diminuait son silence, la majesté de ses silencieuses visions, sur le mur, ils étaient tous là, aspirant à être remarqués, entendus, ils viendraient ce soir, afin de discuter avec Raymonde, autour de la table, thérapeutes, éducateurs, elle les écouterait, impassible, rigoureuse, on devrait ouvrir d'autres Centres, d'autres prisons qu'on nommerait Écoles de Réhabilitation, cette fois, à l'écart des villes, dans des zones entourées de barbelés, mais si loin des villes, dans les champs, on ne les verrait plus, des pensions souterraines pour Tommy et Manon, pensait Anna, l'Institut Correctionnel n'était pas assez sévère, les filles défonçaient les murs à coups de haches, elles avaient la permission de sortir les fins de semaine, escortées de leurs parents, mais elles s'évadaient, aussi, on ne leur confiait jamais une clef, on épiait tous leurs mouvements, dans les chambres, les corridors, elles ne possédaient aucune clef, ni pour rentrer ni pour sortir, hostiles, guerrières, peuple massacreur, ces enfants arrachaient le cuir des fauteuils de leurs ciseaux, éventraient les matelas, piétinaient les livres de la bibliothèque, tout objet que l'on confiait à leur symptomatique barbarie, diraient-ils, autour de la table, et Raymonde les écouterait en silence, songeant à Anna, dans sa chambre, son île, songeant à l'existence d'Anna, recluse, effacée, «vous avez tissé autour d'eux une ceinture d'oppression, d'étouffement», dirait-elle soudain, mais elle prononcerait ces paroles, en vain, Anna était immobile, contemplant le mur jadis peint en rose, Peter soulevait Sylvie dans ses bras, dans cette attitude, dévouée, aimante, comme il tenait encore au bout de ses bras, Anna, si petite et dure, déjà, sous le ciel pourpre californien, secouée par la force de son père, Sylvie riait de son rire cristallin, sous le ciel pourpre, on eût dit une cascade de pleurs, de sanglots qui déchiraient la poitrine d'Anna, «ce n'est rien, tu es au monde, c'est tout, disait-il, quand on apprend à vivre, nos premières dents, nos premiers cheveux nous font mal quand ils poussent», elle entendait ce souffle de Peter, dans la brise du soir, avec le grondement de l'eau, c'était ailleurs, plus tard, il pénétrait de sa voix impérative l'univers d'Anna, ce monde délicat et souple des jeunes danseuses, admirant soudain sa grâce réticente, pendant une classe de ballet, il promenait sa main sur sa jambe raide, toute guindée dans son collant d'une blancheur soyeuse, encombrée de son tutu, elle sentait le long de sa jambe ce geste envahisseur qui la faisait rougir devant ses camarades, Peter, Dad, je te hais, «mais ce n'est rien, disait-il, pourquoi me regardes-tu ainsi, je ne fais qu'admirer un pas, un mouvement», ou bien, il ne disait rien et regardait Anna au fond des yeux, avec cette monstrueuse, infinie tendresse, laquelle, en si peu de temps, pensait Anna, allait mourir, ne plus être. «Mais pourquoi ne manges-tu pas, demandait Guislaine à Michelle, il faut manger», ils avaient un vocabulaire qu'elle ne connaissait pas, peut-être eût-il fallu lui demander avec brusquerie, «combien de coke as-tu sniffé aujourd'hui, dans les toilettes, quels pushers as-tu rencontrés hier à la discothèque, si tu te mouches sans cesse, c'est à cause de cela», le nez de Michelle était à peine rougi, non, elle ne sniffait pas de coke, que ces expressions étaient vulgaires, désagréables, ce vocabulaire, répugnant, elle n'allait pas se corrompre comme tant d'autres mères, à ce langage, cette

vicieuse alchimie, Michelle ne se mouchait pas plus
que d'habitude, on savait que Liliane avait des liai-
sons avec les femmes, son arôme était violent, sensuel, du moins, on pouvait tout imaginer au sujet de
Liliane, mais les veules habitudes de Michelle, comment eût-elle pu les déceler dans ce profil angélique,
peut-être se mouchait-elle un peu plus que d'habitude, elle avait pris froid, au retour de la piscine, peut-
être, «écoute, mange, cesse de me torturer, au moins,
un peu de dessert, est-ce que tu ne veux pas me faire
plaisir?», «je t'aime, maman, tu es si belle, si sexy,
j'aime sortir avec toi, tu sais, j'aime la musique de
Vivaldi, mais je n'ai pas faim, ce soir», «si belle, si
sexy, répondait Guislaine, avec impatience, cesse de
me répéter cela, c'est ridicule, on ne parle pas sur ce
ton à sa mère, où étais-tu avec Anna, cet après-
midi?» poursuivait Guislaine, «dans un parc, maman», répondait Michelle, d'un air soumis, aux sons
de la flûte, du hautbois, Michelle dépérissait sous les
yeux de sa mère, «dans un parc, avec des clochards,
c'est cela, je t'ai dit de ne plus fréquenter ces gens-
là, ils ont des poux, tu auras des poux», «il y a longtemps que je ne leur prête plus mon lit», dit Michelle,
«en été, ils préfèrent dormir dehors», Guislaine imaginait Liliane baignant sa sœur, la cajolant, la ber-
çant, cette occupation était indigne d'une sœur aînée,
qui sait, c'est peut-être en prenant un bain avec une
amie, son professeur de sculpture dont elle parlait toujours avec ferveur, dans ces replis de l'eau, un bain,
une course à la nage, que Liliane avait savouré sa
première volupté au contact des lèvres d'une autre

femme, ce contact farouche, non, elle ne voulait rien en savoir, lorsque Liliane lavait les cheveux de Michelle, ne la soulageait-elle pas de ses poux, Guislaine n'avait pas le courage, elle, de soulager Michelle de ses poux, de la traiter avec tous ces égards, Guislaine eût aimé crier, mugir, aux sons de la flûte, du hautbois, mon Dieu, je suis injuste, pensait-elle, si injuste, «il faut manger», dit-elle, doucement, en touchant la joue de Michelle, et soudain, elle se mit à trembler de tout son être, sous les paupières volumineuses aux longs cils, Michelle vit les yeux de sa mère qui se remplissaient de larmes, «maman, tu es si belle, si sexy et je te fais de la peine», mais Guislaine sanglotait déjà de façon incontrôlable, «quelle misère, pensait-elle, quelle misère», les larmes coulaient, coulaient, sur ses joues légèrement maquillées, sur son écharpe de soie, le canot s'en allait à la dérive, pensait-elle, sous les sapins noirs, dans ce restaurant spacieux où l'on jouait du Vivaldi, Michelle se levait, venait serrer sa mère dans ses bras, assise près de Guislaine sur la même chaise étroite, elle ne disait rien, ses yeux étaient secs et brûlants, son cœur battait follement, les doigts poisseux de Michelle, purifiés, rafraîchis par le bain, recueillaient ces larmes qui coulaient sur les joues de sa mère, silencieusement, dans une douloureuse pudeur.

La brume était si intense, depuis quelques jours, pensait Rita, ne menaçait-elle pas de vous étouffer dans ses fibres, le phare émettait jour et nuit une longue plainte lugubre qui faisait frémir la femme qui

venait d'Asbestos, sa solitude d'exilée, d'errante, se
dégageait de cette plainte, stridente et morne, l'été
qui achevait lui avait paru long, peuplé de gens qui
n'avaient pas compris ses malheurs, un seul être, parmi eux, étendus sur la plage ou rôdant dans la ville
surchauffée d'air et de sel marin, l'avait approchée
de son âme solidaire, Alexandre, mais ne s'était-il pas
enfui comme les autres, vers le Pacifique ou ailleurs,
toujours plus loin, son sac au dos, son chapeau rabattu
sur les yeux, et c'est à lui seul qu'elle avait confié
son prénom, le bagage de sa vie brisée dont les
morceaux ne valaient pas plus, pensait-elle, que la
vaisselle de son mariage, ils s'étaient tous enfuis,
délaissant leur ville aux volets fermés, aux rues
muettes, refroidies par la brume à ceux qui, comme
la femme d'Asbestos, ne faisaient que passer, errer,
engloutis dans leur propre silence sans écho, il y avait
peu de jours encore, sous le soleil éclatant, des tribus
d'estivants étaient là, jetant dans l'air leurs cris
d'insouciance, Rita les avait entrevus, allant quérir
ses fils sur la plage jonchée de leurs détritus, de
l'indécence de leurs repos, ses yeux myopes, sous ses
épaisses lunettes, leur avaient lancé à tous, des
regards indignés, colériques, parfois un appel conte-
nu, qui n'avait atteint qu'un seul être, Alexandre, et
déjà, même en le cherchant partout comme elle cherchait son fils Pierre qui s'était égaré, pensait-elle, sous
ce flot opaque de la brume, qui sait, elle ne le retrouverait peut-être pas, «Pierre, où est Pierre, maman?»
demandait Marc, enfoui dans son manteau, obstruant
les pas de sa mère, «ah! ne m'énerve pas, tu sais bien

qu'il a l'habitude de disparaître souvent, et nous le retrouvons toujours, reste tranquille, je vois une enseigne qui est allumée là-bas, on va s'arrêter et demander où il est, le village n'est quand même pas si grand, ces villes de pêcheurs, c'est toujours petit, toi aussi, plus tard, tu pourrais devenir un pêcheur, si on continuait de vivre ici», ils marchaient depuis quelques heures déjà et Marc s'accrochait à la robe de sa mère, se plaignant de n'avoir mangé qu'un hot dog depuis le matin, «il y a des jours où c'est comme ça, dit la femme d'Asbestos, et d'autres jours où c'est meilleur, j'ai des biscuits secs dans mon sac, si tu en veux, tu entends le phare? C'est pour guider les pêcheurs, les jours de brume et de tempête, dans la vie il y a des bons jours et des mauvais jours, il faut que tu sois plus patient», mais Rita sentait bien que Marc avait raison de se plaindre, sans le camionneur portugais qui les hébergait, ne seraient-ils pas dans la rue, où était Pierre, encore cette fois, elle lui avait pincé l'oreille, sous l'impulsion de la colère, était-ce sa faute, Pierre l'irritait constamment, mais cet homme qui les hébergeait, était abject, puisqu'il avait battu Pierre, Pierre qui n'était pas son fils, elle n'avait pas protesté, ou si peu, tolérant tout, depuis quelque temps, dans sa fatigue; ils marchaient depuis quelques heures déjà, et elle sentait cette vapeur fétide de la taverne qui adhérait à ses vêtements, ses lunettes embuées par la brume lui cachaient le ciel, la mer grisâtres, là-bas, contre l'alignement des maisons de bois dont les volets étaient clos, ils s'arrêteraient bientôt, boiraient un café, dit-elle à Marc, qui demandait sans cesse où était son frère, «de toute façon, dit Rita, même s'il voulait s'engager comme mousse, qui en voudrait, hein? Cette sacrée brume nous pénètre jusqu'aux os, nous devons bien être les seuls, dehors, par une journée pareille», et elle posait ses mains sur les grêles épaules de Marc, en pensant, combien de temps cela va-t-il durer encore, il est en train de fondre, mais le rire gras d'un garçon coupa l'air, soudain, c'était un garçon noir dégingandé qui riait en sautillant de l'autre côté de la rue, on le voyait à peine, mais sa démarche semblait démente dans la brume, il riait, sautillait, on eût dit qu'il portait un ancien uniforme de soldat dont il avait lui-même cisaillé l'étoffe, laquelle pendait à lui, à sa démarche aliénée, à l'hystérie de son rire, dans cette brume amoindrissant tous les sons, telle l'incarnation d'une folie vagabonde, disloquée et solitaire, sans doute, ce rire, cette démarche étaient-ils crucifiés à un passé de violences, pensa la femme d'Asbestos, c'était cette mémoire aux images décousues qui tressautait avec le garçon, qui sait, de quelles explosions de terreurs inavouables il se délivrait ainsi, dans ses mouvements désinvoltes, riant et pleurant à la fois dans la brume, «on ne sait jamais ce qui peut arriver aux gens, souviens-toi de cela, quand tu seras plus grand», disait Rita, en prenant la main de son fils, et lui, demandait encore d'une voix grelottante, «Pierre, où est Pierre, maman?» «là-bas, répondait-elle, dans la taverne qui est encore ouverte, tu sais bien qu'il est souvent là, il croit que nous ne le retrouverons pas, mais nous le retrouvons toujours, arrête de m'énerver

avec ton Pierre», mais le cœur de Rita était humilié
par cette certitude, Pierre avait été battu, pour une
peccadille, elle ne se souvenait plus elle-même pourquoi, elle ne l'avait pas défendu, elle était complice,
pour la première fois, d'une faute qu'elle jugeait
grave.

Il y a peu de jours, pensait-elle aussi, c'était
l'été, elle venait sur ces dunes, ces plages, regardait
ce ciel bleu qui ne lui inspirait que des pensées de
suicide, mais il n'y avait aucun ordre, aucune sagesse
dans ces pensées-là, il fallait préférer sans hésitation
la vie au néant, ce ciel bleu ne l'apaisait-il pas, il lui
arrivait de sourire, sans savoir pourquoi, à ce ciel sans
nuages, au sable fin sous ses pieds, ses pieds qui
étaient engainés dans des souliers qu'elle comparait
à des chaussures d'infirmière ou de religieuse, que
faisait-elle, ici, dans sa robe à fleurs chiffonnée, dans
cet encombrement de sa destinée sans but, et surtout
dépourvue du sens de l'ordre, désormais, que faisait-
elle, ici, parmi ces corps nus, impudiques, dorés par
le soleil, huilés, parfumés, elle surveillait Marc et
Pierre à l'horizon, eux, si chétifs, n'appartenaient pas
à cette race de dieux, de déesses, pensait-elle, se
prélassant dans leurs lits de sable, d'eau, sous un ciel
sans tourmente, ils n'étaient que Marc et Pierre, des
enfants désormais sans père, dans les salopettes de
leurs cousins, dont la mère ne possédait aucun permis
de travail, en pays étranger, malgré tout cela,
lorsqu'elle y réfléchissait bien, elle préférait la vie au
néant, ils criaient de joie, sautaient dans les vagues,

parmi les autres enfants, Rita, elle, ne se joignait à personne, assise sur une colline de sable, ou debout, sa robe, dans le vent, elle demeurait isolée; un groupe de jeunes femmes riaient, bavardaient entre elles, ou lisaient en offrant leurs dos nus au soleil, de sa colline de sable, à l'écart, Rita osait parfois s'asseoir, étendre ses jambes recouvertes de bas de fils beiges, contemplant le bout de ses souliers, en pensant, avec tous ces gens qui ne sont pas habillés, autour de moi, je me demande pourquoi je ne leur enlève pas leurs salopettes, mais leurs sous-vêtements sont trop usés, nus, ils ont des boutons sur les fesses, on ne peut vraiment pas les montrer aux autres, qu'ils s'amusent, ils oublieront leur père ivrogne et la misère dans laquelle nous sommes à cause de lui, Rita avait dû vendre la vaisselle du mariage, vendre aussi les jouets de Marc, mais sans hésitation, il fallait préférer la vie au néant, Alexandre ne leur avait-il pas donné un ballon avec lequel ils jouaient dans les vagues, un camionneur portugais les avait hébergés, non, il valait mieux ne pas trop se plaindre de son sort, de superbes cavaliers et leurs chevaux parcouraient les dunes, les jeunes femmes nues étaient surveillées, sous ce ciel bleu, sans malice, en ces lieux de repos où les rites de la contrainte mâle semblaient abolis, un sein, une hanche nus étaient identifiés par ce cavalier lointain, sur les dunes, et l'image qu'il retenait dans ses jumelles, d'un corps de femme qu'il avait un instant violé, de cette paresseuse retraite où il se tenait, cabré sur son cheval, le gonflait d'une jouissance téméraire, ce sentiment de jouissance qu'il éprouvait, sur son cheval, étendait son autorité, de cette pointe d'un sein qu'il avait humecté de la caresse de son œil, comme l'eût fait une mouche sale, jusqu'à ces installations nucléaires s'érigeant avec la puissance de son sexe, de sa puissance rusée et sans méfiance, incalculable, gigantesque, au-dessus de ces milliers de vies qui grouillaient là à la façon éphémère des libellules, entre le ciel et l'eau, ignorant l'approche du feu qui brûle et sacrifie, qui eût pensé, en se dorant au soleil, sous l'ondulation du sable et de l'eau, qui eût pensé à ces cavaliers de la mort qui étaient là sur les dunes? Rita, de sa colline de sable, entendait ces pas, ces hennissements sourds derrière elle, ils étaient bien les cavaliers de la mort, pensait-elle, déchirant l'air avec leurs usines de destruction, mais les jeunes femmes qui riaient et bavardaient ne semblaient rien remarquer, Rita eût aimé se perdre parmi leurs rangs, mais elle regardait le bout de ses souliers, observant de ses yeux myopes, sous ses lunettes, une jeune femme vêtue d'un maillot blanc démodé, très pâle sous son maillot, on pouvait l'appeler Rita, elle aussi, pensa la femme d'Asbestos, tant elle ne parvenait pas à se glisser parmi les autres, sans amies, sans compagnes, elle avait laissé derrière elle, comme de lourds fardeaux, une petite fille qui larmoyait, un mari obèse, et les sandwiches qu'ils déballaient sur une couverture, ces gestes qu'elle avait vus tant de fois, et tant de fois subis, pendant des vacances, la petite fille larmoyante, le mari obèse qui a toujours faim même s'il est obèse, elle se détournait d'eux, lourdement assis, prêts à manger, pâle et blanche, cette blanche jeunesse déjà un peu ternie par la morosité, elle tentait d'aborder ces femmes rieuses, affranchies, elle est là, parmi elles toutes, semblait-elle penser, la patrie de ma liberté, elle entendait les pleurs de la petite fille, tout près, mais non, ils étaient toujours pesamment assis sur leur couverture, l'homme obèse, l'enfant pleurni-charde, et soudain, les voyant toutes si radieuses et émancipées, au soleil, au grand air, elle perdait cou-rage, ne marchait plus, mais rampait dans le sable, se disant qu'ainsi elle serait inaperçue, et Rita voyait cette forme blanche qui rampait sous le ciel, vers cette reconnaissance lointaine, inaccessible de l'amitié, près d'elles, elle pourrait parler de tout, être comprise, tout pâle dans le maillot blanc, son visage blanc, hon-teux d'espoir, traversé parfois par l'éclair d'un sou-rire, mais ce sourire était un pli de tristesse, les autres dormaient, lisaient sur la plage, celles qui allaient nager passaient devant elle, dénouant leurs cheveux dans le vent, elle était là, elle pouvait s'appeler Rita, elle aussi, nu comme un ver, ce corps affolé, dans son maillot blanc, démodé, elle rampait doucement dans le sable, nulle ne la voyait, ne l'entendait, elle était à peine visible, elle savait seulement que dans le tremblement de l'air, de l'eau, ces yeux, ces bras, ces lèvres paradisiaques, dans leurs régions inacces-sibles, lui disaient, «viens, viens plus près de nous, nous te consolerons de ce pli de tristesse qui a rem-placé ton sourire, toi qui te crois invisible quand ton existence palpite si près de la nôtre, viens, viens plus près de nous».

La femme qui venait d'Asbestos, voyait aussi, de la colline de sable où elle était assise ou debout, en ces rares instants où elle profitait de l'air marin, sous l'agglutination de tous ces baigneurs, parfois une forme blanche comme la femme au maillot démodé, les hautes vagues, en se rapprochant, ne préparaient-elles pas en silence, son immersion, son engloutisse-ment, car elle retournerait vers l'homme obèse, la petite fille, et ne les quitterait plus, parfois, une femme drapée dans un fichu de soie effilochée, assise toute la journée sous son parasol, à quelques pas de la femme d'Asbestos, massive et digne, dans cette position, elle voyait ces formes au loin, ou tout près d'elle, songeant que se tournerait peut-être une seule fois vers elle cette face de statue qui lui eût parlé, exprimant, dans le labyrinthe de ses rides, de sa résignation impassible, un rictus de bonté, car il y avait de la bonté, pensait Rita, sur ce visage qui ne semblait rien dire, rien exprimer, sinon quelque har-monieuse passivité, vécue, assumée, sans trop de rigueurs, ce qui frappait Rita, aux côtés de cette passivité sculpturale, c'était un homme, le mari sédentaire, celui qui avait organisé ce voyage, trans-plantant ici sa maison, ses mots croisés, une caisse contenant ses bières congelées, et parmi ses objets familiers, le parasol et sa femme, objets impassibles, à ses yeux, puisque sa chair rougeoyante qui avait la couleur de la viande crue, pensait Rita, rôtissait du matin au soir, au soleil, qu'il ne parlait jamais à sa femme, ne la regardait pas non plus, comme s'il n'eût possédé qu'un seul domaine, lui-même, le sanctuaire

de toute cette chair rôtie par le soleil, son regard était
parfois épanoui par la luxure, quand il regardait les
femmes, mais il ne s'attardait pas longtemps ailleurs,
sur les textures de ces peaux brunes ou roses qu'il ne
connaissait pas, vite le gros homme gris s'arrosait
somptueusement de lotion et de crème, il était beau,
pensait-il, ces bras, ces mains et le velours gris de
leurs poils, et sous le poil du torse, cette masse de
chair rougeoyante comme de la viande crue, c'était
si réconfortant, cette vie, qu'il ne voyait pas le ciel
ni la mer, seulement ce mur charnel qui ne s'écrou-
lait pas, la résistance de ces muscles qui ne s'affais-
saient pas, il avait parfois des regards attendris pour
son bikini entrouvert, ne fallait-il pas admirer tant
d'ardeur à se plaire, pensait Rita, en ces temps diffi-
ciles, et c'est pendant ces instants-là qu'elle songeait
que même si ce ciel bleu ne lui inspirait souvent que
des pensées de suicide, c'était peut-être la femme drapée dans son fichu de soie mauve qui avait raison et
cet impérieux Narcisse à ses côtés, souriant dans le
débordement de sa chair couleur de la viande crue,
célébrant dans son corps sédentaire, bien terrestre, son
culte complimenteur à lui-même, puis à l'existence,
l'existence, ce n'était peut-être que cela, une femme
dont le visage de statue ne le voyait plus, ne l'entendait plus ronchonner ou geindre de plaisir, la femme
de cet étonnant Narcisse était voluptueuse, elle aussi,
elle dansait peut-être, la nuit, avec les jeunes pêcheurs
du village, préservant dans le secret ses rêves subtils,
quand les rêves de son mari lui paraissaient trop
concrets, ces rêves émanaient de lui, salivaires et

gourmands, jaillissant de son bikini entrouvert, des poils de son ventre, comme s'il eût dit, qu'on me caresse, qu'on m'aime, nul ne sait le faire comme moi, je m'aime tant qu'on ne peut pas m'aimer davantage, la chair diffuse de cet homme, de sa femme, voguait dans l'air, pensait Rita, voguait, avec ses parfums, ses odeurs laiteuses, sa sève, ses effluves de contentement, et le vieux Narcisse en était ravi; pourvu que ces policiers à cheval, sur les dunes, ne me voient pas, pensait Rita, ils me renverraient chez nous, et la vision que Rita avait soudain d'Asbestos était celle d'un effondrement silencieux, des hommes qu'elle ne reverrait plus, disparaissaient dans la mine, il y aurait un glissement de terrain, sans aucun fracas, la petite école au toit penché, périssait sous une avalanche de boue.

«Tu auras des biscuits secs, du café, dès que nous nous arrêterons», disait Rita, à son fils, dans la brume, il était d'une agilité troublante, suivant sa mère, et elle touchait parfois ses tempes, ses cheveux, humides, «et un hamburger, si tu as encore faim», dans les plis de son manteau, de sa robe, il était là, si léger, pensait-elle, l'humidité mouillait leurs visages, les pénétrait jusqu'aux os, depuis que le camionneur portugais les avait hébergés, l'été ne s'était-il pas enfui, c'était à nouveau, la même vie de labeurs, d'inquiétudes, le poids de cet homme qui avait eu pitié d'elle, aussi, ils avaient eu l'illusion de voyager, de partir, soudain, ils avançaient avec peine, dans la brume glacée, et la pensée du camionneur était toujours là, dans l'âme de Rita, combien de fois, n'avait-elle pas dû mettre ses enfants dehors, en pleine nuit, pour satisfaire ses désirs, leurs désirs, ils iraient jouer aux machines à sous, à boules, disait l'homme en les chassant, les enfants avaient un matelas, par terre, l'homme et Rita, le lit, ce lit était là, coupable, noirci de toutes les saletés de la terre, pensait-elle, elle avait un amant elle qui se jugeait indigne d'être aimée, elle avait eu un mari, un ivrogne, elle eût préféré malgré tout ne jamais le tromper même s'il la battait quand il était ivre, désormais l'ordre était rompu, vivre, c'était avoir un peu le sens de l'ordre, désormais, elle ne pourrait plus se dire, tout est en ordre pour aujourd'hui, la lessive est sur la corde à linge, les chaussettes des garçons ont été reprisées, nous sommes pauvres mais dignes, l'ordre immuable de son existence avait été trahi, quelle incohérence, désormais, elle avait quitté Asbestos, avec de lourds paquets, soudain, elle n'avait plus rien, aucun bien, aucune possession qui eût justifié le mal ou l'inquiétude de son existence, mais non, elle tenait encore entre ses doigts, ce paquet agile, Marc, tout son bien, encore à l'abri, au chaud, «tu sais, je ne te perdrai pas, toi, quant à Pierre, nous allons bientôt le revoir, avec sa casquette de baseball, au coin de l'œil, buvant un Coca Cola, il aura bien trouvé quelqu'un pour s'occuper de lui, il raconte toujours des histoires qui ne lui arrivent pas, un vrai martyr, à l'entendre», «et tu vas lui demander pardon», dit Marc, «mais tu es fou, tu as trop écouté cet Alexandre, toi aussi, n'oublie pas que les gens, comme lui, qui font des écritures toute la journée, n'oublie pas qu'ils n'ont pas la tête en ordre, et l'essentiel, c'est d'avoir la tête en ordre, même quand on a des épreuves», mais le lit du camionneur portugais était toujours là, avec ses ombres boiteuses coulant sous les draps, il fallait bien leur dire de jouer dehors, même si c'était la nuit, pendant ce temps-là, c'était son devoir de protéger leur vertu même si elle avait perdu la sienne, et près des machines à sous, les grands fumaient leurs joints, s'initiaient aux drogues plus dures où était cette poésie de vivre, ce détachement serein, migrateur, qu'elle avait connus, par instants, lorsqu'elle regardait le ciel, la mer, ce désordre, ce naufrage de leurs vies se confondait à la couleur de l'eau, du ciel, soudain grisâtres, ce ciel, cette eau, ou bien cette poésie de vivre, cette joie qui avait éclairci ses jours, nc dissimulaient que souffrances, pensait-elle, Rita était une femme réaliste, elle devait d'abord retrouver Pierre, vivre mieux avec ses fils, mais autrement, peu à peu, l'ordre, la décence reviendraient, ils auraient un jour, un foyer, un abri, enfin durables. Le lit du camionneur évoquait pour elle, ce jour d'été, si brûlant, quand on ne voyait personne, dans la ville, Rita cherchait du travail, marchant dans la ville brûlante, hostile, ses fils à ses côtés, elle se souvenait bien de ce jour-là, car elle avait pincé l'oreille de Pierre, dans un moment d'énervement Pierre lui avait dit, «tu seras bien punie quand je m'en irai pour toujours», ne devaient-ils pas apprendre à devenir coriaces, comme des hommes, leurs joues creuses, ces ombres sous leurs yeux, déjà,

mais c'était à Asbestos, ici, tout changerait, la vie
serait moins abaissante, ils marchaient près du port,
et dans une cabane abandonnée, un couple faisait
l'amour, sous ce soleil cuisant qui annonçait l'orage,
dans cette rue où personne ne venait, à part quelques
chiens qui rôdaient pour leur nourriture sous des
portes, des fenêtres lentement entamées par la destruction, l'effritement, ce couple qui faisait l'amour
dans un fauteuil en lambeaux, évoquait le camionneur portugais, son lit coupable dans lequel la corro-
sion de la vie s'était installée, elle aussi, la femme
d'Asbestos était une épave au soleil, dans la lumière
qui l'étourdissait, l'aveuglait, elle revoyait ce couple
lent, et sa paresse corrosive, au soleil, lui, un homme
jeune à la tignasse blonde qui n'avait pas enlevé son
jean, elle, une femme qu'on ne voyait pas, et le décor
lent qui les accompagnait dans cette descente au fond
de la chaleur, de l'épuisement de ce jour sans air,
leur sueur, comme la sueur de Rita, s'écoulait lentement, avec exaspération, le lit du camionneur, c'était
cet arrêt au bord du temps, la putréfaction de la
cabane abandonnée à midi, le couple inerte, quand
dans des fauteuils, les derniers gardiens étaient de
nobles chiens errants, affamés mais lucides observant
cette décadente race supérieure, celle des hommes,
que ne rachetaient plus les gestes de l'amour.

Anna contemplait ce mur que Raymonde avait
jadis peint en rose, Tommy, Manon, s'éloignaient
avec leur cortège noir, bientôt, elle ne les verrait plus,
au tournant d'une rue, à la nuit ou à l'aurore, elle ne

les verrait plus, elle entendait les pas de sa mère, dans
la cour, son chien qui courait, reviens, reviens
disaient-ils tous, cette vie insulaire est dangereuse, on
y perd la raison, l'espoir, le goût de vivre, le retour,
la solitude commençaient à Miami, obéissant à un
pusher inconnu à l'aéroport, qui était ce Philippe qui
l'attendait, elle ou une autre, dont le visage lui était
encore étranger, ce ne serait pas une autre, mais elle,
Anna, enfermée dans les toilettes, n'avait-elle pas
pensé, cet inconnu qui ne sait rien de moi, j'aurai
peur pour lui, en pure dérision, je lui donnerai mon
courage dressé, vindicatif, qui pourrait diminuer la
force d'Anna, atteindre la froideur de son esprit, et
la peur était là, en elle, une peur scellée, silencieuse,
et jamais ils ne sauraient tous combien elle l'avait
ressentie, c'était l'heure du retour, de la solitude et
soudain il y avait Philippe, Philippe qui aurait besoin
d'Anna, de sa peur, et elle déposerait dans ses mains
fines, ce produit intact, une drogue qui guérit, endort,
exalte, elle s'allongerait à ses côtés, ce serait encore
l'île, Tommy, Manon, un voyage sans fin toujours
identique à celui qui avait précédé, puisqu'on ne
désirait rien de plus, le mal le bien et leurs souve-
raines moqueries, pensait Anna, chaque instant vécu
pour sa perte, la neutralité de tout cela, le vide, l'absence, la seule passion féroce d'Anna n'était-ce pas
ce désir d'une telle neutralité que toute sensation de
douleur serait désormais nettoyée, expulsée de son
cœur, pourtant, ces heures de sa vie revivaient sur le
mur que Raymonde avait jadis peint en rose, les
visages livides de Tommy, Manon, s'effaçaient au

tournant d'une rue, sous le cortège des funérailles
noires, aux échos de cette fête mortuaire qui n'était
pas sinistre, mais pleine de rires et de chants, Tommy,
Manon, s'en allaient seuls; à l'aéroport de Miami,
Anna avait décidé de poursuivre le voyage, dressée,
vindicative, c'est ainsi qu'un homme mûr la verrait
venir vers lui, on ne dirait pas, voici Anna qui revient
vers sa mère, son chien, ses oiseaux, son retour serait
feutré, une seconde disparition dont on ne saurait rien
cette fois, il fallait se piquer afin de ne rien ressentir, disait Tommy, l'aéroport lui avait semblé un lieu
protégeant soudain son vertige, elle y marchait doucement, dans cette foule houleuse, sa transparence, en
elle, en eux, une semblable transparence, les dessins
de sa tunique indienne n'étaient-ils pas transparents
comme un feuillage de verre, cette tunique qu'elle
avait lavée, la veille, comme ses cheveux, mais
l'odeur du soleil, les chauds parfums de la terre
étaient toujours là, sur la pointe raide de ses cheveux,
elle en retrouvait l'ivresse, les senteurs, elle marchait
avec prudence, craignant de se heurter en marchant,
car son corps était endolori, sous sa tunique indienne,
ce travail de patience qu'elle lui faisait subir, lui qui
n'avait connu que la langueur, l'inertie, sous ce travail, ce dressage, il devait se raidir, être supplicié, le
temps de ce vol qui serait si long, pensait-elle, mais
elle était entourée de façades lumineuses, au dehors,
c'était encore l'été, quand cet homme qui s'appelait
Philippe, vivait dans un gratte-ciel, s'éprenait, à sa
fenêtre, comme d'un signe d'espoir, dans cette nature
muette, de la neige miroitante, sur le fleuve, où serait

pour Anna cette divine sécheresse qui avait brûlé ses
pensées, ses tourments, une hallucination, un voyage,
pensait Anna, n'engendraient que des espérances
brèves, concises, toujours identiques, déjà elle était
accablée par ce tourbillon de la foule, un minuscule
enfant africain portait à son cou une pancarte où il
était écrit, en lettres noires contre sa chemise jaunâ-
tre, Number 2, on eût dit que cet enfant solennelle-
ment vêtu, qui ressemblait plus à une œuvre d'art
africaine, qu'à un enfant, pensait Anna, était l'un des
anciens princes de sa race, oublié sur une banquette
de cuir, aux rives de notre continent, d'œuvre d'art,
admirée dans un musée, de prince, il passait à ce que
nous avions fait de lui, Number 2, Anna regardait
longuement ce jeune roi à la dérive dans un aéroport
que d'aristocratiques parents noirs viendraient chercher, mais qui n'était soudain, pour Anna, qu'un chiffre comme tant d'autres, dans la foule houleuse, il
eût fallu, pensait Anna, le ramener vers sa pointe
d'île, de mer où incorruptible et droit, il eût préservé son nom et son lignage, mais des parents couverts
d'or, de bijoux, des parents de rêve, dans l'imagination des Blancs, chargeaient leurs épaules de Number 2, et elle ne le reverrait plus, demain, plus tard,
qui sait si Number 2 ne serait pas plutôt comme ce
frère de Tommy qui balayait les marches des escaliers automatiques, lorsqu'on les arrêtait, à l'aube,
balayeur comme Tommy risquait de le devenir lui
aussi, pensait Anna, un turban orange lui ceignant le
front, las, très las, déjà comme l'était le jeune
balayeur qui, lui, n'était pas un prince ni un roi, mais

un Number 2, sorti de son masque de bronze, une réalité comme tant d'autres, dans le monde des Blancs, pensait Anna. Soudain, dans l'avion, sa peur scellée en elle, elle savait qu'elle transpirait de peur, et qui sait, ils le savaient peut-être tous, ceux qui étaient là, près d'elle, confortables, oublieux de cette peur qu'ils eussent dû éprouver eux-mêmes, car le feu, la foudre de leurs morts les précédaient partout, sous les ailes d'un avion, partout, mais cette évidence morne on vit, on meurt, ils la niaient par leur détente, ils enlevaient leurs souliers, allongeaient leurs jambes, et l'âme d'Anna frémissait de peur, désormais, pensait-elle, son voyage, ou la transparence qu'elle avait connue pendant ce voyage, serait attentive, aux aguets, ne ressemblait-elle pas à Tommy, Manon, dans leurs expéditions, eux aussi avaient redouté cette transe de la peur, mais qu'y avait-il à craindre, en cet instant, elle était assise près d'un garçon d'une douzaine d'années et de sa mère, on lui souriait avec confiance, la mère, habituée à ce fils étrange qui jouait avec des poupées, ouvrait son journal, souriait à Anna, tandis que son fils sortait ses poupées, lesquelles avaient été conçues par un artisan miniaturiste, les poupées reposaient sur un nid d'ouate, dans une petite boîte, le garçon avait confectionné de matériaux divers, toute une collection de robes, de manteaux, de vestes pour ses poupées, Anna éprouvait de l'apaisement à regarder cette invention d'une innocence qu'elle avait perdue, dont elle s'était elle-même démunie rageusement, à l'âge de ce garçon, afin d'affronter ces autres qui étaient ses ennemis, ceux qui gouvernaient le monde, ses ennemis les plus acharnés, comme Sylvie, jouant et riant, près de la piscine, ce garçon conservait encore la qualité de son indépendance, il était créateur, son imagination serait délirante, si demain on lui laissait la vie, ces mêmes doigts pourraient dessiner, peindre, pensait Anna, sa mère respectait en lui la mission de cet art paisible, sans contrainte il aurait bien le temps de lire ce journal qu'elle lisait, d'entendre ces rumeurs guerrières, et elle souriait à Anna, comme elle souriait à son fils, leur souhaitant de ce sourire généreux la bienvenue en ce monde déchiré, où pendant des siècles, pensait-elle, même au temps de la peste, du choléra, des artistes avaient survécu, où chacun avait appris à survivre, semblait-elle dire à Anna, mais Anna eût aimé pleurer, il était trop tard, pensait-elle, elle ne jouait plus à aucun jeu innocent dans cette transe de la peur, elle avait peur aussi, pour cette femme, ce garçon, plus que pour elle-même, Raymonde qui n'avait jamais cessé d'espérer au sujet d'Anna, depuis qu'elle était née, lui eût sans doute dit, à cet instant, «tu vois bien, Anna, que toi aussi tu peux sortir de ton iner- tie, ne comprends-tu pas que tu seras bientôt de retour parmi nous?» et soudain, elle retombait dans ces sour- noises embûches de la terre, ceux qui parlaient de détruire l'univers, pensait Anna, les douaniers, les douanières ne les laissaient-ils pas passer, tels de grands dignitaires recevant des inclinations serviles, personne ne persécutait, aux frontières, pensait Anna, ces marchands de deuils et de morts, mais on pour- suivait Anna, Tommy, Manon, aux frontières des

pays, partout où ils osaient passer, mais eux étaient
avertis, circonspects, même Anna qui s'était lavé les
cheveux, avant de partir, les douaniers, les douanières
attendaient Anna, ils l'attendaient comme une proie,
pensa-t-elle, pourtant elle feignait soudain de ressembler à cette image d'Anna que Raymonde eût aimé
voir en elle, à son retour, même si flottaient encore
au bout des cheveux raides d'Anna, ces senteurs de
l'été, ces parfums interdits qu'elle voulait livrer à
Philippe, elle savait qu'elle n'écouterait pas cet
homme lorsqu'il lui dirait, «ce poison n'est pas pour
toi», mais il était tard, et Anna était revenue sur la
terre, et une douanière, jeune, charmante, inoffensive
lui parlait tout en ouvrant son sac, elle demandait à
Anna de sortir de ce sac tous ses objets personnels,
et Anna obéissait, comme Tommy le lui avait appris,
feindre l'obéissance, la bêtise, tout ce qu'ils aimaient
voir en vous, et Anna se disait qu'elle ressemblait à
Raymonde, ou à cette image d'Anna que Raymonde
aimait voir en elle, ils ne verraient pas qui était Anna,
en dessous, Anna était dure, vindicative, ils n'en sauraient rien, qu'avait fait Anna, tout ce temps, voya-
gé, oui, mais si jeune, Anna avait étudié au loin, où
était ce certificat d'études, la jeune femme et Anna
se regardaient avec une sympathie mutuelle, et sans
le savoir, Anna, comme Tommy, Manon, était la victime d'une enquête, d'une persécution, cette stratégie
de fonctionnaire échappait à Anna qui observait soudain la jeune femme lisant avec un intérêt en apparence sympathique, les carnets qu'elle transportait
dans son sac de voyage, les mots d'Anna, écrits sous

l'influence de la drogue étaient désormais imprimés
dans l'air, avec leurs signes obscurs, impénétrables,
pourtant, la vie intérieure d'Anna était là, sur ces
feuillets que tentait de déchiffrer une douanière avide
de pouvoir, mais Anna comparait ses signes obscurs,
même soumis à des pressions régimentaires, à la
rigide écriture des temples indiens, impénétrables,
pensait-elle, impénétrables, on ne saurait pas si elle
avait soif d'eau ou de mort, de pluie ou d'anéantissement, les dieux l'ayant déjà repoussée, et le corps
d'Anna qui était endolori, craignait d'être mis à nu,
mais elle ne trahirait rien de cette douleur, vindicative et dure, elle pensait, ils peuvent me fouiller,
m'examiner avec soin, je suis Anna, impénétrable,
avec le shampooing de ses cheveux ne s'était-elle pas
affublée de lèvres rouges, d'ongles peints, d'une
tunique propre, aux dessins délavés, sur un jean blanc,
qui sait, peut-être une fille ordinaire, semblait penser
la douanière, en haussant les épaules, ou bien, c'était
vrai, c'était une fille de riches qui étudiait à l'étranger, la douanière se mordit les lèvres, elle n'aimait
pas Anna, Anna qui étudiait à l'étranger, qu'il était
agréable, soudain, pourtant, pensait la douanière,
d'être le juge, celui qui prononce la sentence, d'être
tout cela et d'être femme, ces visages, ces regards
étaient là, pleins d'incertitudes, devant vous, elle avait
d'abord obéi à ses supérieurs, observant la mollesse
de leur autorité, elle devenait le soldat de ces lieux
sans hommes, et en la regardant, pensait Anna, on
comprenait comment la trahison germait si isolatrice,
dans l'âme des femmes, puisque cette trahison était

peut-être avant tout un sentiment vorace et jaloux, la douanière n'aimait pas Anna, Anna qui était riche, qui étudiait à l'étranger, Anna ne serait pas un pusher qu'on mettrait à l'écart, dans une prison lugubre dont elle ne reviendrait jamais, ce que lui reprochait la douanière, dont le devoir était de surprendre, de punir, de mettre à l'écart, c'était d'étudier tout en voyageant, pendant qu'elle était là, suivant des départs, des arrivées jusqu'à la lassitude, dans son uniforme bleu, tel ce bleu marine des hôtesses de l'air, mais elle, c'était là, contre la terre, que sa vie monotone, routinière, était rivée, Anna parlait, avec la dureté de son intelligence, la froideur de son esprit, de son père, un danseur américain dont la troupe était célèbre, il était chorégraphe, on l'invitait souvent à l'étranger, la douanière l'écoutait en se mordant les lèvres, dans une hostilité croissante, la cruauté, pensait-elle, est aussi le vice des simples, toutefois, elle n'y céderait pas cette fois, pensait la douanière, cette fille semblait redoutable, elle l'était peut-être, possédait des mots pour se défendre, attaquer, «vous autres, les jeunes, dit la douanière qui n'avait pas trente ans, vous ne nous aimez pas, pour vous montrer que nous ne sommes pas si terribles, vous ne serez pas fouillée», c'était là sa victoire orgueilleuse, pensait Anna, devant une proie invincible, d'autres seraient punis à sa place, Anna avait été une proie rêvée, la douanière s'en séparait avec mélancolie, pensait Anna, et songeant à Philippe dont Anna ne connaissait que le nom, l'adresse, elle apprendrait plus tard que ses parents, ses grands-parents étaient morts pendant la

Seconde Guerre mondiale, Anna serait pendant quelques mois la seule famille de Philippe, sa raison de vivre, lui dirait-il, plus tard, songeant à Philippe avec qui elle atteindrait le but de son voyage, pensait Anna, elle se disait que c'était cette méchanceté ou cette facile cruauté de la douanière, laquelle avait si souvent choqué Raymonde, à l'Institut Correctionnel, qui maintenait, en ce monde, une force irrémissible, car cette force malsaine que les hommes exerçaient entre eux, dans leurs armées, leurs dictatures, ne l'avaient-ils pas transmise aux femmes, dans l'exercice de leurs pouvoirs plus faibles, et les victimes de ces femmes étaient bien souvent d'autres femmes, avait dit Raymonde, c'est ainsi, pensait Anna, sous le regard d'une douanière complice de la cruauté masculine, que d'autres femmes subiraient après elle, l'acte dénonciateur, le châtiment quand de ce visage jeune et si peu équivoque qui avait souri à Anna on n'eût reconnu d'abord qu'une sympathie proche de la tendresse, Anna pensait à Philippe qu'elle ne connaissait pas, elle était revenue sur cette terre des hommes où le passé, le présent se confondaient en une seule idée fixe, la dégradation de l'âme humaine, «vous le voyez bien, il ne faut pas avoir peur de nous», disait la jeune douanière, mais Anna savait qu'elle était de retour dans cette histoire de l'humanité où les larmes ne cesseraient de couler, âpres et violentes, les bourreaux, les dénonciateurs étaient toujours là, sympathiques, souriants, affables, elle savait aussi que si elle était de retour parmi eux, c'était pour participer à leurs crimes.

Michelle et Guislaine marchaient sous le ciel chaud du soir, alanguie par le vin, Guislaine enveloppait de son bras droit les frêles épaules de Michelle, l'orage ferait du bien, après toute cette véhémente chaleur, disait-elle, «quelle belle nuit et que l'été est court, mais cet hiver, tu verras, nous ferons du ski, je ne vous quitterai plus», Michelle écoutait sa mère, Guislaine lui caressait la joue du bout des doigts, comme l'eût fait Liliane, Guislaine ne se reposait jamais, en été ou en hiver, pensait Michelle, elle n'avait jamais le temps de se reposer, pourquoi lui racontait-elle ces mensonges heureux, ces rêves, «nous entendrons le bruit de nos pas, sur la neige, disait Guislaine, et tu seras toujours en bonne santé», «c'est beau, maman, mais ce n'est pas vrai», «mais oui, c'est vrai», «tu sais bien, que ce n'est pas vrai, encore des rêves», dit Michelle, avec bienveillance, «tu veux que je te raconte un rêve, moi aussi, Liliane était près de mon lit, je dormais, et à toutes les heures elle me réveillait pour m'embrasser, elle me serrait très fort dans ses bras, m'embrassait et je m'endormais aussitôt», «ce n'est pas un bon rêve», observait Guislaine, «évidemment, il y a encore beaucoup d'ingénuité dans les embrassements de ta sœur, mais il me semble que c'est indiscret de regarder un visage qui dort, elle ne sait pas, elle ne peut pas se rendre compte encore, tu comprends, malgré sa taille, son poids, c'est encore une enfant, nous savons cela, nous, ses parents, et cet éparpillement de tes boucles noires, sur l'oreiller, est-ce que cela n'éveillait pas sa sensualité, elle était déjà si avancée pour son âge»,

murmurait Guislaine pour elle-même, «qu'en penses-
tu, toi, Michelle?» «moi, maman, je ne sais pas,
attends, je veux te parler d'un autre rêve, tu avais
tricoté deux ailes, pour moi, une laine bleue et or, il
me semble, elles étaient ouvertes sur le gazon, comme
les ailes d'un papillon miraculeux, mais je n'osais pas
les essayer, je rêvais pourtant de m'envoler à la hauteur des arbres, comme Anna, à bicyclette sur l'air,
le feu», pensait Michelle, «pourquoi n'osais-tu pas,
dit soudain Guislaine, ce sont tes ailes à toi, surtout
ne raconte pas ce rêve aux autres, ils pourraient te le
déformer et ce ne serait plus ton rêve», elles se
regardaient pensivement, en silence, elles ralentis-
saient leurs pas, «je t'aime, tu sais, dit Michelle, à
voix basse, même si tu es parfois un peu détestable»,
il y avait longtemps, pensait Guislaine, qu'elle n'avait
pas vu Raymonde seule, de grandes ailes sur le gazon
fraîchement coupé dont elles ne pouvaient plus se servir, pensait Guislaine, le rêve de Michelle était primaire mais touchant, tout en Michelle était ainsi, avait
cette forme, ce souffle, elle était primaire, touchante,
parfois ridicule, son enfant, lorsqu'elles se voyaient
encore, n'était-ce pas autour de ce seul échange tour-
menté, leurs filles, Anna, Michelle, Liliane, qui
étaient-elles, Anna, Michelle, Liliane, que devien-
draient-elles, leurs voix se taisaient, leurs confidences
étaient en suspens, elles distinguaient, aux fronts
l'une de l'autre, sous leurs yeux voilés par l'insom-
nie, ces traces, ces rides, dans leurs visages juvéniles,
si passionnés, c'était cela, pensait Guislaine, elles
avaient encore tant de passion pour la vie, Anna,

Michelle, Liliane, ne criblaient-elles pas l'existence de leurs mères, avec tous leurs problèmes latents, et Guislaine pensait à ses jeunes mourantes, à ses jeunes mourants, ses familiers, déjà, dans leur mal sans rémission, un enfant ne devait pas mourir, c'était amoral, on devait cacher ce fait, cette action odieuse, aux parents, aux amis, mais au temps de Pâques, du Nouvel An, ne voyait-on pas, dans le journal, ce clown, ce comédien visitant dans sa clémence, ces rangées de lits, amusant ces vies déclinantes, ces têtes émaciées, sans cheveux, Guislaine prenait Michelle par la taille, comme hier, elle enlaçait Raymonde, sous les arbres, dans la cour du collège, «il faut que tu manges, disait-elle, d'un ton brusque, soudain, oui, comment veux-tu que nous te gardions en vie, si tu ne manges pas?» Michelle ne répondait pas, songeant à cet album dans lequel elle prenait note de tous les suicides qui la concernaient; elle se demandait comment une jeune suicidée, parmi d'autres, pouvait décider soudain de vivre plutôt que de mourir, elle s'appelait Janet, près du Mont Hannah, son ami John agonisait contre un arbre, les poignets tranchés; tout près, coulait une source, en survolant la montagne en hélicoptère on avait trouvé le corps de John, contre un arbre, pensait Michelle, victime de cette drogue, «paraphernalia», un remède, qui sait, une ivresse calmante, John avait répandu son sang dans la nuit solitaire, et plus tard, sous les premiers rayons de soleil de l'aube, et pourtant la source de vie était là, tout près, pourquoi n'y avait-il pas trempé son visage, ne s'y était-il pas abreuvé, lors d'un dernier festin, sous la lumière implacable du ciel, voyant tout ce sang qui se perdait en vain, quand la source de vie était là tout près, généreuse, abondante, Janet s'était enfuie, pensait Michelle, elle eût aimé prendre sur ses épaules le diaphane fardeau, John, l'ami, le frère, l'amant, leur dire à tous «je l'ai sauvé de la drogue paraphernalia, lavez les traces de sang à ses poignets», mais la résolution de vivre était un acte égoïste, nul n'avait le temps de regarder en arrière, John serait toujours là, sous un arbre, dans cet extatique arrangement de fleurs, de rayons de soleil, dans cette conciliation suprême avec tout ce qu'il avait aimé, la nature, son innocence, la pureté de son amour pour Janet, il serait bientôt dissous, oublié, mais il serait toujours là, pourtant, hantant l'esprit de Janet qui avait fui, dans cette décision sublime, égoïste, de la survie, la survie qui ne pense qu'à soi, qui a peur, qui court en criant, toujours là, aussi, dans la pensée de Michelle qui ouvrait cet album de souvenirs tous les soirs, un album d'horreurs, disait son père, pourtant bien réel, la seule façon de ne rien oublier, pensait Michelle, c'était cela, tout regarder en face, sans l'aide des parents, du psychiatre, car ils préféraient tous ignorer les drames de cet album d'horreurs, et Guislaine disait à Michelle, en ralentissant le pas, dans une douceur pensive, «ce livre que tu lis au sujet de Cosima Wagner, j'aimerais bien le lire, quand j'aurai un peu de temps, cet hiver, peut-être, pourquoi pas, cet hiver, quand nous quitterons la ville, quand je prendrai des vacances avec toi et Liliane, ton père aussi, s'il veut nous suivre», si Michelle

réussissait ses examens, elle pourrait dès l'an
prochain entrer dans une classe de composition, elle
pensait à la fugue qu'elle composerait, tous écrivaient
des fugues semblables, modérées, classiques, pensait-
elle, mais Michelle écrirait une fugue wagnérienne
dans laquelle elle raconterait la confusion de sa vie,
sa fièvre, son inquiétude, ses larmes sèches seraient
sonores comme des cloches, on ne dirait pas «c'est
une fugue comme toutes les fugues», mais quel chaos
rutilant et dur, aux sons des cloches se mêlent l'écho
des bombes et les cris de ceux dont les larmes ont
été brûlées, elles se regardaient l'une et l'autre, dans
une douceur provocante, «tu crois que c'est vrai,
Guislaine, comme dit Paul, que je ne suis pas encore
assez formée pour la pilule», «tu sais, ton père, c'est
un homme, il ne peut pas tout savoir, tiens, il y aura
un orage, on le sent dans l'air», et leurs têtes rappro-
chées se touchaient, en marchant, «tu m'as raconté
ton rêve, je t'en remercie, c'est rare, j'aurais pu te
faire de la peine, à ma manière», «mais toi, c'est
différent, dit Michelle, tu es ma mère», «pourquoi
est-ce si différent, tu crois donc que je suis meilleure
que les autres à cause de cela?» autrefois, pensait
Guislaine, elle sortait avec Raymonde, l'accompagnait au concert, désormais elles se voyaient si peu,
Michelle enveloppait de ses bras frêles les épaules de
sa mère, elle disait dans un murmure, très vite, «tu
sais, cette ride, à ton front, je sais que j'en suis la
cause», et Guislaine ne répondait pas.

Anna contemplait le mur que sa mère avait jadis

peint en rose, elle entendait le pas de Raymonde, dans
la cour, ce pas agile, volontaire, la course haletante
de son chien, sous les arbres, tout cela se passait si
loin, de l'autre côté de l'île d'Anna, elle se souvenait
du premier dessin de Sylvie que lui avait montré
Peter, avec fierté, le dessin d'un mince nuage noir,
dans le ciel, et sous le ciel, les caricatures de Peter,
Sylvie, endormies dans l'herbe verte, Peter soulevait
Sylvie dans ses bras, il la déposait dans la verdure
en disant, «viens, petite âme, nous allons apprendre
à marcher», et soudain un mince nuage noir se for-
mait dans le ciel, comme dans le dessin de Sylvie,
pensait Anna, Peter pensait, mais pourquoi ce nuage
dans le ciel quand il fait si beau, il regardait sa nouvelle piscine, sous le ciel, sa nouvelle petite fille à
ses pieds, et sur la terrasse ensoleillée, là-bas, sa nouvelle femme qui servirait bientôt les apéritifs dans des
verres opalescents, non, il fallait chasser la pensée de
ce nuage, dans le ciel, Sylvie tendait les bras vers ce
monde lumineux et doux, et Peter disait, «attention,
petite âme, il ne faut pas tomber, tu as donc déjà le
vertige, ne crains rien, je suis là, je suis près de toi»,
le vertige, disait-il, l'émotion de sentir toutes ces
beautés autour de soi, l'eau, la lumière, la fluidité de
l'air, disait-il, le vertige, c'était cette émotion recons-
tituante qui amenuisait pourtant vos forces, disait-il,
toute faible soudain, Sylvie ne craignait-elle pas de
tomber, les yeux inquiets de Peter voyaient s'avancer
vers Sylvie qui jouait et gazouillait à ses pieds, le
mince nuage noir, cette boule de gaz empoisonné qui
tuait toute vie en deux minutes, un mince nuage noir,

dans le dessin de Sylvie, son premier dessin qu'il avait montré à Anna, si fier, si heureux de partager avec Anna, l'adorable, le premier élan spirituel de Sylvie, un dessin, sa candeur et cette chose se rapprochait imperceptiblement, une tache d'encre pensait Anna, contre le pâle soleil, la femme, sur la terrasse, Peter, Anna, tombaient l'un après l'autre, sans bruit, dans la verdure, une légère boule de gaz empoisonné qui tuait toute vie en deux minutes, Peter, sa femme, leur petite fille, ne se relevaient plus, peut-être s'étaient-ils évanouis, dans un grand silence sans révolte, le cœur de Sylvie ne battait plus, pourtant, les tilleuls étaient couverts d'une poussière rugueuse et noire, les roses étaient mortes, déjà, et goutte à goutte le mince nuage noir s'écoulait dans l'eau bleue de la piscine, Peter n'avait pas prévu, pensait Anna, ce nuage noir, dans un ciel d'été, en ce jour magnifique où il apprenait à Sylvie ses premiers pas, le vertige d'exister, d'être, de vivre, d'accourir vers les gestes de la première délivrance, respirer, marcher seule, Peter, objecteur de conscience avait toujours dit à Anna, «ton père ne tuera jamais», cette scène, il avait oublié de la prévoir lui qui pensait à tout, «moi, Peter, je ne tuerai pas», avait-il dit à Anna, à Raymonde pendant que les illustrations d'une barbarie constante scandaient tous ses jours, toutes ces heures qu'il vivait auprès de Raymonde, d'Anna, consumaient son bonheur avec Raymonde, Anna, objecteur de conscience, il se levait un jour, son jardin détruit, un enfant dans les bras qui ne respirait plus, un mince nuage noir dans le ciel, comme dans le dessin de Sylvie, un gaz qui tuait toute vie en deux minutes, sa vie, la vie d'Anna, la vie de Sylvie, en deux minutes, Peter avait imaginé le feu, les cendres, la dispersion des corps mutilés, il avait oublié l'existence de ce mince nuage noir, dans le ciel, ce pressentiment de Sylvie, si concret, les dernières ressources de la Nature, les derniers vivants s'égrenaient sur les plages de Honfleur, dans la reproduction de Boudin que Raymonde avait mise là, sur le mur, pour Anna, la vie d'Anna respirait à peine, touchée elle aussi par ce mince nuage noir qui avançait paisiblement vers la terre, doucement, sans bruit, dans un grand silence, et qui, en quelques instants, tuait toute vie.

Couchée dans l'herbe, les mains repliées sous sa tête, Liliane regardait ce ciel qui annonçait l'orage, elle dormirait dehors cette nuit, dans cette position méditative, ces rumeurs de tonnerre, au loin, ne l'effrayaient pas, à l'aube, elle irait pêcher, seule, souvent seule, menant son bateau jusqu'au milieu de la rivière, un jour, elle amènerait Michelle ici, sous un ciel étoilé, par les chauds soirs d'été, ou sous un ciel agité comme celui-ci peu de jours avant l'automne, elles traverseraient la rivière, côte à côte, dans un même mouvement tranquille, fraternel, Guislaine ne dirait plus, «Liliane va se tuer en traversant la rivière plusieurs fois à la nage, sans s'arrêter, surtout ne la suis pas, Michelle, c'est dangereux», Guislaine ne serait pas là, immobile, près de l'eau, exprimant ses craintes, sa colère, lorsqu'elles nageaient loin de son regard, de sa protection, «mais vous êtes folles, toutes les deux, revenez», Liliane entraînerait sa mère vers la rivière calme, ombreuse, elle la guiderait par la main d'un geste assuré, parfois elle venait ici avec une amie privilégiée, elles dormaient enlacées sur l'herbe, Liliane se réveillant parfois pour observer les traits de son amie, sous les rayons de sa lampe de poche, la nuit éclairait ce visage, ces traits purs qui changeraient si vite, sous cette épaisse chevelure qu'elle écartait de ses doigts, comme si elle eût demandé à ce front, à ces joues, sur lesquels aucun signe fatidique n'était encore écrit, «qui seras-tu, toi, demain? Serons-nous toujours saines, libres, comme nous le sommes aujourd'hui? Sauras-tu défendre tes idées, me défendre aussi si j'en ai besoin?» Le feu que Liliane avait allumé brillait dans la nuit, elle y jetait parfois des brindilles, surveillait les étincelles recueillies par l'herbe rase, au bord de la rivière, «cette solitude est presque aussi douce qu'à deux», murmurait-elle, dans la nuit, reposant mollement dans l'herbe; elle songeait aussi à cette réunion écologique à laquelle elle avait assisté, ce soir, ses camarades avaient bien raison de dire que si les chefs d'État prophétisaient une ère de privation, cette privation ne serait pas leur épreuve, mais celle des autres, car ne vivaient-ils pas dans un luxe outrancier, provoquant, dans leur insolence, des émeutes parmi ceux qu'ils opprimaient, gardaient sous leur joug, ne fallait-il pas dénoncer toute cette virile hypocrisie, Liliane se levait, je suis grande, énorme, monstrueusement forte, pensait-elle, songeant à ces attributs que lui prêtaient ses parents, elle se levait, remuait son feu, elle était grande, majestueuse, remuant son feu, sous le ciel, qui étaient ces imposteurs respectables aimant le luxe, l'argent, le pouvoir, se souciaient-ils de la vie d'Anna, de la vie de Liliane, s'en souciaient-ils même chez eux, à l'intérieur de leur propre famille, ou bien leurs tromperies les avaient-ils tous aveuglés jusqu'à l'invraisemblance, jusqu'à l'oubli de leur propre anéantissement? Ces jeunes vies qui entendaient leurs fourbes paroles chaque jour, pensait Liliane, savaient qu'ils ne disaient jamais la vérité, que même dans leur mansuétude, ils étaient faux et fourbes, ils oubliaient que dans les écoles, les collèges, dans les rues, des boucliers fragiles se dressaient partout, ces boucliers, c'étaient les mots, déjà, ce soir, dans la salle désaffectée du collège, ces mots dénonçaient, frappaient, on disait «il faut apprendre dès aujourd'hui à survivre», mais qui seraient ceux-là qui auraient encore l'oisiveté de survivre, déjà l'humanité ne pouvait pas vivre décemment, ceux qui parlaient de survivre n'étaient pas les pauvres et les misérables, mais ceux qui vivaient déjà dans l'abondance, qui achetaient, vendaient déjà ce qu'ils appelaient sans honte *«survival food,»* ceux-là, oui, pensait Liliane, seraient les survivants de demain, ce ne serait pas Michelle ou Anna, pensait-elle, mais ceux qui empilaient dans leurs caves, avec leurs graines, leur nourriture sèche, aseptisée, des fusils pour tuer leurs frères, demain, survivre, pensait Liliane, ce serait une autre forme de répression, de vengeance où les faibles, pauvres et misérables

seraient vaincus, dans un massacre qu'on ne jugerait
pas même scandaleux, ces boucliers, les mots, se
levaient partout, dans les écoles, dans les rues, et un
jour il faudrait bien les entendre, l'Amérique du Nord
aurait ses abris nucléaires, en Inde, ils périraient par
milliers, pensait Liliane, c'était cela, la justice de la
société actuelle, dans laquelle elle vivait, ces sourires
frivoles que l'on voyait partout à la télévision, dans
les journaux, ces visages burlesques si peu liés à la
responsabilité de vivre, Liliane et ses amies ne
voulaient plus les voir, entendre ces voix énoncer sans
frémir la fin d'un monde quand nous étions encore
au Moyen Âge, dans nos pensées, dans nos actions
en apparence si civilisées, polies, le feu irradiait dans
la nuit, Liliane plongeait dans la rivière que le soleil
avait chauffée tout le jour, elle nageait près des rives,
ne quittant pas l'ampleur de son feu, dans la nuit,
dont les étincelles volaient parmi les lueurs du ciel,
c'était encore un beau soir d'été, Liliane nagerait
longtemps, elle reviendrait souvent seule ici, en
automne, en hiver, réfléchissant à cette question, son
avenir, leur avenir, que d'images funestes, dans ce
mot, l'avenir, mais d'autres, bien avant elle, avaient
confronté les meurtres de l'Histoire, son professeur
de sculpture qui était Européenne ne lui avait-elle pas
parlé de ces noms héroïques, Rosa Luxemburg, Käthe
Kollwitz et bien d'autres dont elle avait ignoré
jusqu'à présent l'existence, et soudain les frontières
s'élargissaient, la maison de Guislaine, de Paul où
elle s'était armée pour ses premiers combats, ressemblait à son embarcation à voiles, sur l'eau, laquelle

vacillait dans le vent de la nuit, il fallait nager vers
le large, les guider tous vers l'émerveillement de ses
découvertes, pourquoi eût-elle douté de sa force, puisque tout ce qu'elle désirait, pour elle, pour eux tous,
c'était le bonheur, le bonheur permanent, indestructible, la dignité de chacun, de chacune, que de révéla-
tions la vie lui avait faites, si tôt, la sensualité de
l'amour, de l'amitié, cette sensuelle vénération ne
l'éprouvait-elle pas pour sa mère, lorsqu'elle
l'embrassait tous les matins, avant de partir, posant
ses lèvres sur cette ride douloureuse, sous les beaux
cheveux de son front, «j'espère que tu changeras avec
le temps», et Liliane pensait, même si Guislaine
répète cette phrase, tous les jours, moi, Liliane, je ne
changerai pas, «oui, il faut que tu changes», suppliait
Guislaine, mais Liliane pensait non, non, Guislaine,
tu as le temps d'apprivoiser toutes tes peurs, mais
moi je ne changerai pas, sur ce même feu, en hiver,
elle viendrait avec une amie sportive, elles feraient
cuire des aliments, noueraient leurs mains au-dessus
du feu, sous le ciel décoloré de l'hiver, le pâle soleil
se reflétant sur la neige, émues par cette inépuisable
vitalité qui les unissait, les transportait l'une vers l'autre, ils se dressaient, ces mots, ces boucliers, partout,
pensait Liliane, refusant l'ère de la privation, pour les
uns, l'ère de la mort, pour les autres, autrefois, des
femmes avaient écrit en prison, nulle règle ne les avait
asservies, elles avaient écrit, je vis, je résiste, je ne
céderai pas, aucune grève de la faim n'avait pu les
briser, interrompre ce chant de leur volonté, de leur
vitalité, pensait Liliane, la Nature se dépeuplait,

les animaux décimés allaient à leur suicide, ces mots s'écriaient partout, «ces loups, ces baleines dont vous sacrifiez l'espèce, ne vous pardonneront pas vos crimes, demain, vos jardins, vos forêts seront des déserts de cendres, des vallées stériles, sans feuillages, sans fleurs, l'animal plaintif y viendra mourir, dans vos mares de sang», le professeur de Liliane lui avait parlé de ces noms héroïques, quelques femmes parmi d'autres, et elle pensait, moi aussi, Liliane, je serai capable d'affronter les meurtriers de notre temps, et revenant vers les rives où son feu brillait dans la nuit, elle se pencha longtemps vers ses mains larges et puissantes, en scrutant la forme et les lignes, elle serait forte comme un chêne, oui, elle pourrait écrire, sculpter, aimer avec douceur, vivre sans servilité, on lui avait appris que sous la terreur stalinienne, une femme russe avait longtemps survécu à la torture en se récitant à elle-même chaque jour un poème de Pouchkine, survivre, pour Liliane, demain, qui sait en quel enfer nordique, livrée à la torture pour ses idées, ses principes, elle serait, elle aussi s'efforcerait peut-être de survivre en récitant la parole d'un poète, la prière d'un mystique, ce qu'elle savait profondément, c'est que de ces mains larges et puissantes, elle soutiendrait d'autres vies, artiste lesbienne, elle avait déjà connu dans sa vie familiale cette sourde fougue discriminatoire qui était aussi celle des tribunaux de la société qui arrachaient des enfants à leurs mères, pour une question de préférence sexuelle, à Dallas ou ici, on pouvait broyer des vies, la terreur stalinienne n'était pas un événement du passé, demain, pour survivre, auprès de sa mère, de sa sœur, d'une amie, Liliane devrait peut-être se réciter à elle-même, pendant une grève de la faim, la torture par la privation et le froid, les mots écrits par un poète, la prière d'un mystique, emprisonnée en quelque enfer nordique, son rose sang vif se pétrifiant dans ses veines.

Depuis quelques jours, déjà, pensait la femme qui venait d'Asbestos, la brume suintait des murs, des maisons aux volets clos, chassant les baigneurs, les touristes, la longue plainte du phare perçant le silence, parfois, des pas, des voix, leurs sonorités dolentes et affligées, augmentaient la plainte du phare, tel ce rire gras du garçon noir qui sautillait dans les rues, cette imploration du fond d'un malheur, que Rita ne craignait plus désormais, car elle était devenue elle-même cette imploration vainement répandue, dans le silence de l'univers, tous étaient partis, pensait Rita, mais de nouveaux arrivants, comme la femme d'Asbestos, erraient dans la brume glacée, ils venaient par groupes, ils venaient voir la mer, des villes voisines, et leur pèlerinage était calfeutré et pacifique, ne préféraient-ils pas la souriante invisibilité sous des couches de brouillard, au ciel bleu, à l'étincellement aigu de la lumière sur leurs plaies, des autobus arrivaient, pendant ces jours, ces semaines où régnait autour de Rita une brume persistante, presque nocturne, malignement zébrée de teintes roses à l'heure du soleil couchant, ces autobus, ces cars, déversaient une foule de gens et leurs instituteurs, les

uns souffraient de paralysie cérébrale, et comme le
garçon au rire fou, possédaient une démarche oscil-
latoire, des bras inégaux, dans leurs mouvements,
qu'aucun support ne semblait tenir à cet équilibre
caché des corps, ils se promenaient entre eux,
tendaient l'oreille, écoutaient le bruit des vagues,
cette lamentation du phare, nuit et jour, d'autres
étaient atteints de mongolisme, tous étaient presque
des enfants, pensait Rita, c'était peut-être leur coutume, et la coutume de leurs instituteurs, dans des
maisons spécialisées, indolores, de les sortir pendant
cette saison où une ville sous la brume, sans habitants, se transformait en cimetière, mais comme dans
les cimetières où poussent les herbes et les fleurs, un
lieu où germait encore la vie, une végétation humide,
sous la brume, dans des champs déjà transis par le
froid qui approchait, une vie irrésistible, une vie en
attente, que les hommes, les vivants, ne menaçaient
plus, car en ce monde, pensait Rita, on ne respectait
que les morts, ils sortaient, comme les animaux sauvages de leurs tanières, reniflant l'eau, l'air et cette
brume froide et drue qui étreignait leurs membres
courbés, leur insufflant avec le sel marin, vivifiant,
leur précaire résurrection, ce que depuis longtemps
l'amour des hommes ne leur donnait plus. La brume
suintait des murs, des maisons aux volets clos, le soir
approchait, la nuit filtrait déjà cette luminosité rose,
inattendue dans la brume, ce serait bientôt la nuit,
Marc était toujours là, blotti, au chaud, pensait Rita,
dans les plis de son manteau, «je te parie qu'il est
ici, dans cette taverne, dit-elle, à son fils, dans cette

taverne minable où Alexandre venait souvent lui offrir à manger, tel que je connais ton frère, il doit être là», et en ouvrant la porte de cette taverne, Rita vit Pierre qui était là, attablé parmi les ivrognes, il ne buvait pas, sirotait un Coca Cola et il portait sa casquette au coin de l'œil, tel qu'elle l'avait imaginé, pendant qu'ils marchaient dans la brume, il était là, et il l'irritait à nouveau avec son visage amaigri et ses yeux cernés, un vieux couple qui n'avait pas quitté la taverne depuis quelques jours, une vieille femme, un vieil homme qui ne semblaient pas se plaindre de leur sort, pensait Rita, mâchonnaient leurs bouts de pain, leurs biscuits secs, comme ces biscuits que Rita gardait dans un sac brun, sur les routes, un frêle sac de papier, des biscuits en miettes, pensait Rita, elle regardait ces sourires grimaçants qui l'accueillaient, et son fils Pierre, parmi eux qui ne lui souriait pas, c'était ce visage amaigri aux yeux cernés qui avait dit à Alexandre, «je pars avec toi», ce visage qui ne cesserait plus désormais de troubler l'âme d'Alexandre, quand il avait cru s'en aller si loin, vers les Indigènes d'Australie qui étaient maltraités, les Zonards de Paris qui dormaient sur les grilles du métro, en hiver, et mangeaient dans les poubelles des restaurants, à l'aube, ces Indigènes, ces Zonards étaient si près de lui que ce visage amaigri de Pierre, ces yeux cernés par la faim et le désespoir, il ne cesserait jamais plus de les voir, la main de Pierre s'accrochant à la sienne, quand une voix suppliait dans la brume, «ne me quitte pas, ne me quitte pas, je serai battu», Rita regardait cet enfant qu'elle avait mis au monde, «viens, mon garçon, dit-elle, on va continuer notre chemin, ce n'est pas encore ici le bout de notre route», il la regardait avec méfiance, elle était sa mère, Marc était son frère, il décida de se lever et de les suivre.

Les dernières ressources de la terre, les derniers vivants s'égrenaient dans la reproduction de Boudin, pensait Anna, sur ce mur que Raymonde avait jadis peint en rose, toute cette eau, toute cette lumière, pensait-elle, on ne les verra plus, désormais que dans les tableaux, cette eau, cette lumière, dans un tableau seront nos convalescentes visions d'une autre vie, d'un autre siècle, quand demain nous chercherons enfin la guérison de tous nos maux, sous les empreintes de notre agonie sociale, collective, Tommy, Manon, s'éloignaient dans leur cortège noir, et Philippe, dont il ne restait qu'un vêtement maculé de sueur, sur une chaise, tous s'éloignaient pour laisser Anna à ses visions finissantes, sur un mur, d'une main distraite, elle effleurait la tête de son chien, sentait autour d'elle le tourbillon de ses oiseaux dans la chambre; c'était l'heure de la réunion, ils étaient là, autour de la table, ceux qui ouvriraient d'autres Centres Sécuritaires, d'autres prisons, de sa chambre, de son île, elle entendait ces voix sincères, honnêtes qui n'aspiraient tous qu'à l'annihilation d'Anna, il y aurait de nouvelles réformes, un affermissement des lois sévissant sur les mineurs, Raymonde ne disait rien, écoutait ces voix, ne disait rien, assise toute droite, au bout de la table, austère, silencieuse, elle

regardait ces justiciers, ne disait rien, les visions
d'Anna achevaient, Philippe ouvrait les bras, disait à
son enfant captive, «pars, tu dois partir, la forme de
ta tête pourrait s'incruster à jamais au creux de mon
épaule, et dans la captivité de mon amour, tu serais
sans le savoir destituée de tes droits, pars, Anna», et
elle descendait ces escaliers, les marches de ces
limbes qu'ils avaient connues ensemble, inséparables
et doux, elle allait vers les chemins de sa froide
conscience, songeant à Tommy, Manon, leur inapti-
tude à vivre, la sienne, au bord des grottes, des îles,
il ne restait de Philippe qu'un vêtement maculé de
sueur, sur une chaise, un homme déjà, en ce monde
déjà si malheureux, avait souffert, avait aimé, à cause
d'Anna, et dans sa cupidité, Anna, la cupidité d'Anna,
elle avait consenti à se séparer de lui, préférant à
l'amour, au bonheur, les chemins de sa froide
conscience qui ne la conduiraient nulle part, pensait-
elle; ainsi Alexandre s'était arraché au rude amour
qui le réconfortait auprès de Raymonde, pensait
Anna, quand toutes ses notes qu'il avait conservées
sur Dostoïevski, il n'hésiterait pas à les jeter dans le
vent, devant un visage innocent, injustement châtié,
Alexandre avait atteint peut-être, pensait Anna, cette
pointe d'île, de mer, où rôdaient dans les ravins,
Tommy, Manon, rampant dans les détritus, sous un
ciel bientôt noirci par les cendres de la destruction,
de cette pointe d'île, de mer, aux confins de ce
désespoir d'Anna, l'espoir, la pensée du retour le
toucherait peut-être, car un jour, les visions
achevaient sur le mur, pensait Anna, on choisissait sa

mort, ou son retour, ils étaient tous là, autour de la table, et Anna entendait ces voix, ces sons, hostiles à sa jeunesse, à sa vie, Raymonde leur disait à tous soudain qu'elle avait besoin de repos, de réflexion, «une longue année de réflexion», leur disait-elle, et ils l'écoutaient avec une gravité pesante, autour de la table, Anna ouvrait la porte de sa chambre, elle quittait son île, Raymonde venait près d'elle, sans oser le croire, elle pensait en serrant Anna contre son cœur, je pense que cette fois elle est de retour.

Dans la collection «Boréal compact»

TRI-GRAPHIC